語り継ぐいのちの俳句

3・11以後のまなざし

高野ムツオ
Mutsuo Takano

朔出版

語り継ぐいのちの俳句

3・11以後のまなざし

語り継ぐいのちの俳句　3・11以後のまなざし　目次

はじめに――被災地の今　4

第一章　震災一〇〇〇日の足跡

芽吹く蘆に祖霊を見る　10
瞬間を切り取る詩、俳句　13
無名の力　33
俳句のこれから　41

第二章　一〇〇〇日以後
「自然」と「人間」はどう詠われてきたか　70
「言葉の力」のありか　93
みちのくの虫たちと俳句　119
津波に消えた句会　139
時間の止まった町　144
狼からのメッセージ　148
第三章　震災詠一〇〇句　自句自解　153
あとがき　204

装画　小池アミイゴ
装幀　間村俊一

はじめに――被災地の今

東日本大震災から七年が過ぎた。二万人近くの命が一瞬にして失われてしまったことの衝撃は今も心に深く残っている。一人一人の命がいかに重く、いかに尊いかということを犠牲者の方々から教えられた思いでいるが、そのことは自ずと自然とは何かということを見直す機会となった。自然は限りない恩恵を我々にもたらす一方で、恐ろしい力も備えている。東日本大震災を経て、人間は自然の中の小さな存在の一つに過ぎないことを、今、改めて感じている。

震災後、私は震災の俳句を作り続けてきた。俳句を作ることを救いとしてきた面もあったが、今の自分しかできないものを言葉に表現したかった。大変な事態だからこそ、今この瞬間に俳句に詠み取るべきなのでは、という思いのほうが強かったと言えるだろう。

俳句は五七五という短い形式ゆえ、俳句で人間社会の出来事を表現するのは難しいとされてきたが、東日本大震災では、さまざまな俳人がさまざまな形で震災の俳句を作った。主義主張を超えて震災の句が生まれた。大人はもとより、小さな子供たちまでが震災の俳句を詠んだ。これは今までになかったことだ。

こうして詠まれた多くの震災俳句を記録としてまとめたのが『東日本大震災句集 わたしの一句』と『五年目の今、東日本大震災句集 わたしの一句』（ともに宮城県俳句協会刊）である。

仮埋葬決める外なし花大根　加藤喜美江

津波で亡くした姉を詠った句。行方不明だった姉は四十日後に発見された。火葬が間に合わず、涙をのんでひとまず土葬せざるを得なかった。亡くした悲しみはもちろんだが、火葬さえできなかったつらさがこの句を作らせた。だが、この句にはどこか明るさがある。悲嘆にくれていた作者に、津波から逃れたところで咲く白い大根の花がほんのりとしたやさしさを与えている。作者は震災後、句作から遠ざかっていたが、『わたしの一句』に寄せるためにこの句を作ったのを契機に、以後ずっと俳句を作り続けてきた。

三陸に萬の命日三月来　　石の森市朗

『五年目の今、わたしの一句』に掲載の句。作者の親族には今も行方不明の方が三人いる。「萬の命」の「萬」に込めた命の重みは計り知れない。亡くなった人の数だけ一人一人、命の重みがある。

想像を超えた過酷な状況の中、俳句など思いもつかない切迫した状況にいた人は数知れない。しかし、俳句を作ることによって自分自身と向き合うことができた人も多かったのではないだろうか。俳句の世界の懐の深さに気づかされ、たった十七音の俳句がさまざまな可能性を秘めた言葉の形式であることを再確認した思いでいる。

やむを得ないことかもしれないが、全国的に見れば震災詠はかなり減っている。しかし、東北は別である。

大根干す津波の高さこのあたり　　山崎清美

冬の月震災以前は屋根のうへ　　田耕徳男

震災の話に及ぶ蜆売り　　山内雅子

震災から七年を迎えた今年、「河北俳壇」に掲載された作品の一部。どの句からも七年後の今がしみじみと伝わってくる。大震災はこれからもずっと詠い継がれることだろう。

フクシマの止まった時計西日射す　　林田正光

昨夏の同俳壇の作品である。福島原発事故への痛烈な批判から生まれた。俳句は寸鉄、批評精神にも富む。七年過ぎた今も福島の被曝地は西日の後の闇に包まれている。

多賀城《たがじょう》の歌枕、末の松山には「契りきなかたみに袖をしぼりつつ末の松山波越さじとは」という清原元輔《きよはらのもとすけ》（清少納言《せいしょうなごん》の父）の歌が残る。これは、心変わりをした女性に送った失恋の歌とされている。末の松山を波が越すことはあり得ないという言い伝えが下敷きとなっている。東日本大震災が起きる前までは、詩歌の世界のこととのみ思っていた。

しかし、実は千年以上前の貞観《じょうがん》津波もまた、今回同様、末の松山を越すことはなかったのだ。貞観津波は平安時代の史書『日本三大実録』にも詳述されている。津波の災禍は遠く京にまで伝わり、祇園祭発祥のきっかけの一つともなった。

東日本大震災の津波でも末の松山に登って命が助かった人が大勢いた。近くで食料品店を営む女性から聞いた逸話だ。俳句に限らず、言葉は時空を超えて生き続けている。

日本はプレートがせめぎ合う弧状列島の一部。地震、津波はそれゆえの災禍である。東日本大震災以後も災害は続いている。平成二十八年の熊本地震の被災はまだ生々しい。加えて日本列島は台風の通り道、暴風被害に加え洪水や土砂崩れなど、毎年のように災害が起きる。それにさまざまな人災が加わる。阪神淡路大震災が大型都市ゆえの衝撃的な破壊をもたらし、東日本大震災が原発事故という想像を超えた危機をもたらしたことは忘れてはならない。自然とは何か、生きるとは何なのか、そうした根源的な問いを自然や災害そのものが人間に問いかけている。自然に対して謙虚に、しかし人間の傲慢《ごうまん》には目をそらすことなく、これからも俳句を紡いでいきたい。ここに収めた拙い文章や記録はそのための一つの礎《いしずえ》である。

（河北新報／平成三十年三月十一日）

第一章　震災一〇〇〇日の足跡

芽吹く蘆に祖霊を見る

大地震に襲われた時、私は仙台駅ビルの地下で遅い昼食を取っていた。突然の激しい揺れと轟音《ごうおん》。駅近くのビルに勤めている娘を捜そうと右往左往したが、会うことはできない。結局、住まいの多賀城市までの約十三キロを一人で歩くことにした。時刻は午後五時半。あたりは夕闇に包まれ始めていた。

午後八時を回る頃、家までもう一息というところまでたどり着いた。その時、歩道に乗り上げている数台の車が目に入った。「なんだ、事故か。こんな時に」。私は思わず舌打ちをした。大型トラックも見えた。泥水にまみれて横転している車、電柱に跳ね上がるように衝突している車もある。これは交通事故じゃない！　頭の中が、恐怖の坩堝《るつぼ》となった。

津波が海岸を襲ったことは携帯電話のネット情報で知ってはいた。だが、まさか、こんな街の中まで。

行く手の闇から声をかけてくれた人がいた。近所の人が様子を見に来たのだろう。「ここから先の国道はもう歩けないよ。泥水が溜まって深くなっているから」。私は、地獄の入り口に立った思いになった。車を運転していた人々はどうなったのか。国道から逸《そ》れ、闇の中をあちこち迂回しながら、我が家にたどり着いた。津波は家の二百メートルほど手前で止まっていた。時計を見ると、午後十時半。五階にある我が家の窓のカーテンを開けると、仙台港の石油コンビナートが炎上し、空一面が真っ赤だった。時折何かが爆発する音が聞こえる。まるで空襲だと、私は心の中で呟いた。

しかし、本当の地獄を知ることになるのは、翌日以降だった。ラジオは三陸海岸がことごとく被災し、壊滅した町もあること、死者・行方不明者は二万人を超えることを報じた。私は、そのいたましさに、ただ愕然《がくぜん》と膝を折るしかなかった。同時にひたすら祈った。

祈りながら、自然災害のみならず、差別や貧困、飢餓に耐えて、千年以上の歴史を力強く歩み続けてきた蝦夷《えみし》の、日出《い》づる国の人々の力を思った。必ず復興できる。そう確信した時、眼下を流れる川の春のさざなみが、私の願いに応えるようにきらりと輝いた。そして、その光の合間から蘆《あし》の芽らしきものが見えた。

蘆は、かつて広大な干潟であったこの地に、はるか古代から繁茂していた植物。今も毎年、必ず生い茂る。その角組《つのぐ》む蘆、つまり、芽吹く蘆は、我ら祖霊の姿に重なった。

泥かぶるたびに角組み光る蘆　　ムツオ

（読売新聞／平成二十三年三月二十三日）

瞬間を切り取る詩、俳句――〈講演〉

「瞬間を切り取る詩」というテーマは、ここ数年間、俳句の詩形の特徴について考えてきたことの一つです。時間の経過によって表現する小説や詩や短歌と、時間を表現できない俳句。ここが大きな違いです。言い換えると、一瞬の間に一瞬の場面を切り取る。そこにさまざまな作者の思いや感情、考えを表現してゆく。それが俳句の特質であると。そんなことをつらつらと考えているうちに、平成二十三年、東日本大震災が起きました。

震災当日の様子

震災前日の三月十日、私はあるテレビ番組の収録で東京に行っていました。秋葉原を訪ね、電気街を歩いて俳句を作るという番組の企画でした。そして翌三月十一日。普通なら東京でゆっくりするところを、かつての教え子三人と三十年ぶりに会う約束をしていたため、午前中には帰途につき、十二時頃仙台に着きました。これが幸いしました。東京に残っていたら、しばらく帰ってこられなかったことになります。

仙台駅前のビルの地下で、教え子と思い出話に花を咲かせている時、地震が起こりました。何が凄《すご》かったかというと、音がもの凄かった。地下で空間が狭く、地震の揺れそのものより音のほうが凄くて、その音でビルが潰れるかとも考えました。阪神淡路大震災の時は一階二階が潰れましたが、地下が潰れたという話はなかったから、もしかしたら助かるかな、いやもうここで駄目なのかな、とも思いました。テーブル下の掘炬燵《ほりごたつ》に入った教え子たちが、「先生こっち、こっち」と言ってくれましたが、私はどこにいても同じだと思ってそのままでいました。そのうちやっと揺れがおさまりました。

仙台駅の地上に出ると、余震でビルの看板などがガタガタ揺れていました。仙台駅前には数百人から千人ぐらいの群衆が屯《たむろ》していました。余震のたびに看板や立木やペデストリアンデッキが音を立てて揺れ、群衆が恐ろしげな声を上げていました。どこか映画で見たシーンだと悠長に思いながらも、大変な不安と恐怖にさらされていました。

教え子たちと別れてそのまま真っすぐに家に帰ればよかったのですが、娘が仙台駅の近くに勤めていたので、一緒に帰ろうと思い捜しました。電車もバスもなく、歩いて帰るしかありません。仙台駅から私の住んでいる多賀城まで約十三キロ。六十歳は過ぎたけれど、十三キロならなんとかなるだろうという気楽な気持ちでいました。携帯電話はほとんど使えないという状況で、娘とはとうとう連絡がつきません。そこで五時半頃、一人で歩き始めました。実はその時、不安と恐怖にさらされながら、でも俳句を作らなければいけない、という気持ちが湧いていました。

当然電気も止まり、あたりは暗くなり始めています。国道をキャリーバッグを引っぱってどんどん歩きました。渋滞している車のライトのおかげで、日が沈んでも明かりには不自由せず、むしろ車を追い越して歩けるので、人間の足というのは便利なものだなあと呑《のん》気《き》にも思いました。歩いているうちに家が近くなり、ほっと安心したのもつかの間、家の二～三キロ手前に差しかかると、何か様子がおかしい。今まで渋滞していた車がUターンを始めたり、横道に逸れたりしているんです。変だなあと思っているとそのうちに、対向車線の車が見えてくる。二台三台の車が斜めになったり横になったり、最初は交通事故だと思いました。地震の最中に慌てて交通事故を起こす人がいるんだな、と思っていたんです。ところが、そんな車が四台、五台、十台……、大型トラックまで横倒しになっている。これは津波だと思いました。身の毛が逆立ちました。

津波の情報は、娘と連絡を取ろうと携帯電話を操作している時、インターネットに一度だけつながって「仙台湾、津波十メートル」の情報が入りました。その時は、「えっ、本当だろうか、嘘だろう」と信じられない思いでした。でも港からは離れているし、その間には大きな建物もたくさんある。私が歩いていた国道は、パチンコ店やホテル、さまざまな商店が並んでいるところなので、そこまでは来ないだろうと思っていました。ですが、実は津波が来ていた。家の二～三キロ手前からは、国道が水没して歩けず、横道に逸れてあっちの小路、こっちの小路に入りながら、やっとのことで帰り着いたのが十時半。約五時間かかりました。さすがに足が棒になっていました。家の窓から見ると、マンションの先、海側にある石油コンビナートがもの凄い音を立てて爆発している。現実に戦争の最中のようなことがあるんだと思いました。こんな中でも歩いている時、実は俳句を作りました。ちゃんとした形になった俳句はほとんどありません。ただ何かやっていないと不安でたまらない。その思いが俳句を作らせました。

家に帰ると、息子と妻がいて、娘はまだ帰っていませんでした。家の車二台は、一階と二階の駐車場にそれぞれ止めてあり、どちらもかろうじて無事でした。マンション前を流れる川の手前で津波は止まってくれ、川も溢れずに済んだのです。息子と妻は余震が恐いと言って、すぐに逃げられるよう駐車場の車の中に待機していました。「お父さんもここで寝て」と言われましたが、家のある五階までは津波は来ないだろうと思って家に戻り、そして眠ったわけです。娘は夜中に親切な人の車で送られて戻りました。

私が津波の本当に恐ろしい姿を見たのはテレビです。実際の津波は見ていません。車のカーナビのテレビで見たのが初めてです。津波の凄《すさ》まじさは本当に信じられなかった。しかし、大変疲れて集中力もなくなっていたので、混沌とした思いの中で眠りにつきました。次の日（十二日）は余震もひどく、一日家に籠もっていました。十三日になって、ようやく歩いて五、六分のところに住む「小熊座」の仲間のもとを訪ねました。家の一階は浸水し、二階すれすれで津波は止まりました。道路や歩道のあちこちに車が仰向《あおむ》けになったり、横倒しになったりしていて、百台くらいあったでしょうか。だんだん数えるのすらつらくなってやめました。


震災直後、歩いて帰る途中からいろいろと考え、頭の中がごちゃごちゃになっていたのですが、整理すると次のようなことになります。

まず一つは、阪神淡路大震災の時のこと。この大地震の時、ある新聞社から一句作ってほしいという依頼があり、何句か作りました。ところが、自分としてはどうしても納得できなかった。つまり、自分が体験しない震災の悲しみを表現できているか。その思いが伝わるのか自信がなかったのです。どうも空々しくてしょうがない。それでとうとう、出句するのを止めてしまったんです。数日過ぎて、師の佐藤鬼房《おにふさ》のところへ行くと、鬼房は、「出したよ」と一言いいました。やはり、作って出さなくてはいけないんだと思いました。どんなに拙《つたな》い俳句であれ、表現し、残すことが大切だと思ったんです。ですから、ずっと後悔していました。しかも阪神地区の俳人たちは心に残る作品を作ったんですね。やはり、その時に表現した言葉の強さというものが感じられました。ですから、この大震災では、まず自分も俳句を作ろうと考えました。

もう一つは、何のために俳句を作るのか、ということです。以前から、生きていく中で俳句とはいったいどんな力になるのだろうという思いがありました。つまり俳句は、誰かに何かを伝えるためではなく、自分自身が表現することで、その言葉から自分が力を得ることができる、それが俳句ではないかという思いです。

実は、私は四年前（平成十九年）に喉頭がんを患いました。それでこんなダミ声になってしまったんですが、今は人前でも話ができます。手術直前まで声が出なくなる可能性が高いと言われていました。しかし、大手術の末回復し、声もなんとか戻った。その時、今だからこそ俳句を作らなければと思ったんです。そして、その時の作品が、実は私自身を元気づけてくれた。ですから、今度も心の支えとして俳句を作ろうと思いました。

三つ目は、瞬間を切り取るのが俳句、という信念です。瞬間を切り取るというのはいつでもできそうですが、実はそうではない。震災では、とりあえず生きるのが大変。家族も心配。そういう心配が一旦おさまってから、改めて俳句を作ろう、思い返して作ろうと思うのが自然です。でも実はその数日の間に、起こった出来事と作者の間には少しずつ目に見えない乖離《かいり》ができ始めるんです。同じことを表現するにしても、その瞬間に表現するのと、十日過ぎ、一か月過ぎ、一年過ぎて表現するのとでは、現れ方がはっきりと異なります。時間を遡《さかのぼ》って同じように表現することはできないのです。だから瞬間をその時に表現しなければならない。電気が途絶え、ろうそくの生活で夜は何もできませんでしたが、その分、集中して俳句を作ることができました。

阪神淡路大震災で詠まれた俳句

阪神淡路大震災の時に、私が感動した俳句を挙げます。

倒・裂・破・崩・礫《れき》の街寒雀　　友岡子郷

この俳句は大変私の心を打ちました。「倒・裂・破・崩・礫」は、カメラのフラッシュで捉えたかのように、次々と文字が映像のように浮かび上がってきます。これは近年、映像メディアが普及してから初めて可能となった表現とも言えます。そういう映像のような悲劇が起きている街に寒雀が来て、必死の思いで餌を啄《ついば》んでいる。寒雀にとっては、地震が起きてもそうでなくても、彼らの日常にはそれほどの関わりはない。彼らはいつでも必死で生きている。この寒雀は、ひたすら生きている人間の姿に重ね合わせている、そういう俳句だと感じています。

寒暁や神の一撃もて明くる　　和田悟朗

この作品もとても心に残りました。和田悟朗さんは、阪神淡路大震災で家が壊滅状態、簞笥《たんす》も何もかも飛んできたと書いていました。そんな中での衝撃を詠っています。「神の一撃」は、いろいろな意味に受け取ることができます。当時、ある鑑賞者は、神が天罰を下したと読み取りました。ですが和田悟朗さんはそうではないと言っていて、私もそんな皮相な見方だけではないと思っていました。大自然の摂理そのものが一撃となって現れた。人間を懲らしめようと自然が作用したわけではない。ただ、大自然の大きな力のもとに生きてゆくのが人間の本来の在り方だ。それが「一撃」という表現に籠もっている、そう鑑賞すべきだと思います。

枯草の大孤独居士此処《ここ》に居る　永田耕衣

永田耕衣さんは当時九十五歳。大震災の時、トイレに入っていて助かりました。家は傾きましたが、トイレの四本柱が空間を作って、そばにあった銅鑼《どら》みたいなものをガラガラ鳴らしたら、若い人が助けに来てくれたそうです。この句は震災直後ではなく、翌年の句です。

人間はもともと孤独であるというのが耕衣さんの考え方で、そこに「居士」を付けたところが耕衣さんらしい。「居士」というのはもちろん、死んだ人間です。俺はもう生きている屍《しかばね》だ、というぐらいなのでしょう。諧謔味《かいぎゃくみ》をもって自分の存在をアピールしています。あたり一面枯草が拡がっているが、俺は黄泉《よみ》の国から戻ってきてここにいるんだぞ、と主張しているのです。震災に遭ったとか、災難になったということを直接は言ってはいません。死の寸前という大きな経験をされたからこそ表現できた作品だと思い、感動しました。

心に刻む俳句

次に、今まで私の心を支えてきた俳句をいくつか挙げてみたいと思います。

水脈《みお》の果《はて》炎天の墓碑を置きて去る　　金子兜太

トラック島で亡くなった戦友をそのままにして帰国する、その時の思いを句にしています。これも、その時でなければ捉えられないものです。トラック島の墓標が立っているところをずっと眺めていた、と金子兜太は書いていました。この句からまず受け止めることができるのは、悲しみです。しかし、「置きて去る」に込められた思いは、悲しみを越えて自分は生きてゆく、死を無駄にしないまま生きてゆくという意志だと思います。他の人に何かを伝えるための俳句ではなく、自分の今ある心の再確認ということです。

俳句というのは、自分がもともと持っていた世界や体験した事実をただ言葉でなぞって表現することではありません。漠然としたもやもやした思いや感動であっても、言葉で表現することによって、初めて新しいものとして立ち上げることだと思います。作者が自分の気持ちを言葉で構築することによって、初めて自分の心として立ち上がる。そして、それが自分の支えになるのです。

暗闇の眼玉濡らさず泳ぐなり　　鈴木六林男《むりお》

この「暗闇」はどこにあるのか。プールであるとか川であるとか、いろいろ想像できますが、戦後すぐの時期に、夜のプールや川で泳ぐというのんびりした場面とは鑑賞しにくい句です。心象的な映像でしょう。戦中、実際に泳いで、その体験がもとになっている俳句かもしれません。現実の暗闇であると同時に、時間の中の暗闇です。戦争中も暗闇の連続だった。戦後になったけれども、さらに暗闇が続くだろう、という醒《さ》めた認識があるわけです。その暗闇を自分の生を背負いながら泳ぎきってゆこう、という意志の表現だと思います。「眼玉濡らさず」「泳ぐなり」そう決意した瞬間が捉えられています。

縄とびの寒暮いたみし馬車通る　佐藤鬼房

どこにでもある、しかも寒々とした嫌になる景色です。寒い暮れ方に子供たちが縄跳びをしている。塩竈《しおがま》ですから魚を載せた馬車がごとごとと通っていきます。打ちひしがれそうな情景ですが、でもどこかに生きる活気がある。それは縄跳びの縄の音であり、馬車の音です。そこに作者は、自分の生きる力を確かめている。確かめることによって明日の心の支えとしているのです。そういう意味での、ある日ある時の瞬間が、この俳句にも捉えられていると思います。

この大震災をどう詠むか

私の家の集合住宅の五階からは川が見えます。冬になると白鳥が来て、その眺めが私の少ない贅沢の一つです。東日本大震災の時、この川の堤防が津波を止めてくれました。

私は、とにかく被災当時から地震の句を作らなければと思っていました。ところが、作っている間に、自分の実感を詠うのに季語や季感がそぐわなくなることがたびたびあるのです。自分が受けた衝撃をそのまま伝えようとすればするほど季語が邪魔になるのでした。季語に頼らず地震そのもの、津波そのものを表現しようと思いました。

四肢へ地震《ない》ただ轟《ごう》轟《ごう》と轟轟と　ムツオ

「ただ轟轟と轟轟と」というのは、直接的過ぎるかもしれませんが、私としては紛れもない実感なのです。「春の地震《ない》」とはとても表現できないのです。

天地は一つたらんと大地震　ムツオ

この句は震災直後に歩きながら思い浮かび、形になったのは一週間後ぐらいです。とにかく、天も地も揺らいでいることを表現したかった。「天地は一つたらんと」は、『古事記』の中の天地開闢《かいびゃく》のイメージですね。天や地がもともとの混沌である世界に戻ろうとして大地震が起きた、というやや理に偏った安易な発想です。

地震の闇百足《むかで》となりて歩むべし　ムツオ

この句は震災当日に仙台駅から自宅までの帰路に歩きながらできました。途中から、若い女性が私の後ろをついてきた。不安でたまらない、しかし機敏そうな様子がなんとなく蟻《あり》のようだと感じました。その女性が蟻なら、こうやってとぼとぼ歩いている私は何だろうと思ったのです。その時、なぜか百足が頭に浮かびました。「百足」は夏の季語ですが、季節は念頭になかった。百足そのものの存在が私にとって大事だったのです。

常の座へ移るオリオン大地震　ムツオ

この句は歩きながら形になりました。オリオン座が震災でおののいて空の隅へ避難したという俳句です。地震がおさまり、常の座に戻った。できた時はうまくできたと思ったのですが、浅い機知だけの小細工が効き過ぎている感じです。

膨れ這い捲《めく》れ攫《さら》えり大津波　ムツオ

津波の有り様を捉えるのにも、やはり無季でなくてはいけませんでした。この句は先ほどの友岡子郷さんの作品を意識してもいます。子郷さんの句は漢字を一つ一つ並べていますが、私は津波の恐ろしさを表すためには動詞を重ねるのがいいと思いました。神野紗希《こうのさき》という若い俳人が、この動詞の重ね方は、渡辺白泉《はくせん》の作り方によく似ていると言ってくれて、自分では意識していませんでしたがうれしいことでした。

季節感を伴って悲しみや生命力を感じた時もあります。その時は季語が働きました。

泥かぶるたびに角組み光る蘆　　ムツオ

自宅前の河原の蘆をモチーフにしました。まだ蘆の姿は見えなかったので、「角組み光る蘆」は心象ということになります。実際に見えたのはさざなみの光です。泥だらけになった川ですが、蘆は泥の中から生えてきますので、この土地になくてはならない植物というイメージが私の中にあります。

車にも仰臥《ぎょうが》という死春の月　　ムツオ

車の中で亡くなった方もたくさんいます。車の中で仰向けになって亡くなっている人もいるだろうということです。もちろん、車という無機質の物体にも死というものがある。

そんな思いを表現したつもりです。

震災の当日、仙台市若林区の荒浜に数百人の遺体が打ち上げられているという情報が流れました。これは誇張された情報でしたが、この浜で実際に二百人ぐらいの方が亡くなっています。メディアで拡散した、車で逃げた人たちが津波に呑み込まれた映像はこのあたりのものです。

瓦礫《がれき》みな人間のもの犬ふぐり　　ムツオ

沿岸部の高速道路から見た映像です。家々や車、それに倒木、それが延々と続いていました。頭にあったのは、やはり常に死者でした。

白梅の闇に包まれ死者の闇　　ムツオ

鬼哭《きこく》とは人が泣くこと夜の梅

「鬼哭啾々《しゅうしゅう》」という言葉があります。亡霊が哭《な》くことです。亡霊だってもともと人間です。同時に残された人間もまた鬼となって泣くのだと思いました。多賀城に住むようになって三十数年になりますが、多賀城は梅林が多いところで、今でも梅があちこちで開きます。

それぞれの「花」に込められた思い

震災後すぐに、角川の「俳句」で「励ましの一句」という特集がありました。俳句で励ましができるかどうか、ということも問題になったと記憶しています。私は、俳句で励まそうとして人を励ますことはできないと思っています。特集を企画した編集者も分かっていたと思いますが、編集者として、励ましになればとの思いはよく理解できます。ただ、他人を励ましてやろうという視点から俳句を作ったら薄っぺらなものになってしまうということです。まず、自分にとって震災とは何なのか。人の死とは何なのか。命とは何なのかという思いから発想しなければならない。自分自身の思いとして形象され、自分に向かってくる言葉であることが大切です。その結果得られた作品が、読む人の励ましになると思います。悲惨な状況をいかに自分が受け止めて言葉にするか。その言葉がひいては人に感動を与える。それが本当の励ましです。この特集でも心に響く句がたくさん生まれました。そのうちからいくつか紹介します。

津波のあとに老女生きてあり死なぬ　　金子兜太

さくら咲け瓦礫の底の死者のため　　矢島渚男

パンジーの光あつめて祈るなり　安西　篤
なにゆゑの壊滅春を待つ東北《きた》に　澁谷　道
春寒の灯を消す思ってます思ってます　池田澄子
草の芽も木の芽も君も僕も今　坪内稔典
暁鴉・睡魔・マイクロシーベルト　神野紗希

金子兜太さんの句は、自分も生きてあるという思いが重なっています。矢島渚男さんの句は、いかにもエールのようですけれども、死者への祈りです。悲しみが根底にあります。安西篤さんの句は、さらりとしていますが、ここにも祈りが表現されています。澁谷道さんの句は主情的ですが、「なにゆゑの壊滅」は、自然に対してであると同時に、人間全体に向けられた言葉だろうと思います。池田澄子さんや坪内稔典さん、神野紗希さんの句にも、被災者への共感がリズムとなって表現されています。

一目《ひとめ》千本桜を遠見死者とあり　ムツオ

これは、宮城県南部で白石の近くの大河原の桜です。一目千本桜というと吉野のことですが、宮城の人は大河原の桜を一目千本桜と言います。大河原に今年（平成二十三年）は花見に行きませんでしたが、電車の中からだけ眺めました。昨年までの桜と印象がまったく違いました。

五月にアナウンサーの石井かおるさんが友人とボランティアに訪れました。最終日、塩釜桜を見に行きました。こういう花を見ていると、一途《いちず》に懸命に咲くという自然の力は尊いものと改めて思います。それぞれの人の境遇や生き方によって感じる思いはさまざまでしょう。私は、この震災を通して桜の見方が変わりました。さまざまな花の句を読むと、私自身の思いもまた、今までと違って感じられます。

そうした句の中から、ことに桜の命の在り方を伝えてくる作品をいくつか紹介します。

鹽竈の櫻は見るに手を添へよ　高橋睦郎《むつお》

高橋睦郎さんは、数十年かけて作った桜の句だけを集めた句集を出しています。塩釜桜は入っていないという話だったので、見に来ていただいた時の作品です。この句を目にした時、桜の姿をよく捉えているとだけ思ったのです。しかし、繰り返し口ずさむと、作者が花の命とともに自分もそこにある。桜と人が一体となっている。その思いがこの句に籠もっていると今回改めて思いました。句の鑑賞自体が深まりました。

青空や花は咲くことのみ思ひ　桂　信子

花を見ている瞬間を表現していますが、「花は咲くことのみ思ひ」は瞬間だけではなく、桂さんの八十年、九十年かけてできた桜に対するすべての思いがこの一言に入っていると思います。

明日は死ぬ花の地獄と思ふべし　佐藤鬼房

私の師である鬼房の俳句です。病気で体力が落ち、本人は一日一日いつ死ぬかと思って過ごしていた時の句です。明日は死ぬかもしれない。つまり明日は地獄なのだ。しかし、単なる地獄ではない。花が瞬間の命を輝かせている、明日とは無縁に無心に、ひたすら生きてあるものに包まれている地獄ということです。地獄でも安らぎのある地獄です。そんな明日を目指して生きていこうという姿勢や願いが感じられる俳句だと思います。

永《えい》劫《ごう》の途中に生きて花を見る　和田悟朗

これも瞬間ではありますが、その瞬間とは永劫、つまり宇宙が始まり、いつ絶えるか分からないが、終わるまでの気の遠くなるような時間の中の一瞬に生きて、見た花なんだ、という思いの花です。

さまぐの事おもひ出す桜かな　芭蕉

芭蕉は物の見えたる光を摑め、表現せよと言いました。物の見えたる光は命の光であって、その命の光を捉え、それを五七五の十七音に粘り強く形象してゆく、つまり、命の瞬間を捉える詩が俳句なんです。私はこの震災の中で、そういうことを強く思ったわけです。最後に、私の震災後の花の句を紹介します。

桜とは声上げる花津波以後　ムツオ
みちのくの今年の桜すべて供花
みちのくはもとより泥土桜満つ

泥土であったのは『古事記』の時代から、みちのくだけではなく日本すべてです。泥土だからこそ桜は美しく咲くという思いを込めたつもりです。

（「第三十五回現代俳句講座」平成二十三年六月十一日／「現代俳句」同年十一月号所収）

無名の力

何といっても今年（平成二十三年）最大の出来事は、東日本大震災に尽きる。歴史的、社会的にも計り知れない影響を与えたが、俳句に対しても同様であった。物理的なことについて述べているのではない。表現者として、この未曾有の現実をどう受け止め、どう立ち向かっていくかということである。それは、俳句を愛するすべての人に突きつけられた課題であった。もちろん、この現実をまったく無視しながら俳句を作り続けることも、俳人としての態度の一つとして選択肢にある。しかし、無視という態度を選ぶにしても、なぜ、そうしなければならないか、表現者としての意志とエネルギーが要求される。現実を毅然《きぜん》と拒絶し、代わりに何を表現していくかという断固とした思想を持たずして、その先には進めないからだ。単に無視するというのは、単に現実から逃避しているだけに過ぎない。

これは、むろん私にも避けて通ることのできない課題でもあった。第一、本当に俳句など作っていていいのか、という思いもあった。周りには苦しみや悲しみが満ち満ちていて、それらの現実に対して、いかに言葉が無力であるかも、身をもって感じていた。しかし、その壁に突き当たるたびに、巡り巡って自分には俳句しかないという思いに行き着くのであった。誰のためでもなく、まず自分のために俳句を作る。その自己確認の繰り返しであり、今も、その模索の途中にあると言えよう。

この震災を機に、改めて知ったこと、考えさせられたこともたくさんある。俳句の無名性と、その力もその一つだ。もっとも、特段目新しいことではない。この言葉からすぐ脳裏に浮かぶのは飯田龍太の「詩は無名がいい」という言葉だろう。もっとも、龍太が言う無名性とは個性を超えた普遍的作品世界のことで、作品そのものだけを残したいとする境地のことを指すようだ。「まず名を求めて懸命に努め、いつかその目的と結果を忘れ去った時、生まれる」ものが、本当の無名の詩とも述べている。作家としての覚悟のようなものであろう。私の場合は、実際に生まれた作品に即した、単純極まりない実感としてのそれであった。震災後、俳句総合誌は震災特集を矢継ぎ早に組んだ。あえて手元にあるものを取り上げるなら「俳句」の五月号は百四十名による「励ましの一句」という作品掲載。「俳句界」五月号は「大震災を詠む」と題し七十名以上が三句ずつ。「俳壇」は六月号で

「絆　がんばろう！　日本」として十六名の五句と短文を集めていた。「俳句研究」夏の号はエッセイの特集で「東日本大震災に思う」であった。それらの中には感銘を受けた句がずいぶんあった。しかし、私の心をより捉えたのは、もっと大多数の、いわば俳句をささやかな心のよりどころとして親しんできた、一般の愛好家たちのものであった。
身近にある資料からのみで恐縮だが、被災地の宮城県を発信地とする「河北新報」の河北俳壇より引いてみる。震災後、同紙に俳壇欄が復活したのは震災から二か月近く過ぎた五月一日のことであった。その紙面の作品。

震災後また朝が来て囀《さえず》れる　佐々木智子
泣きはらす子にひかりあれ卒業歌　上郡長彦
避難所の毛布に眠る赤子かな　條川祐男

句としての普遍的な価値の如何《いかん》を言いたいのではない。それとは別に、少なくともこれらの一句一句は、その日その時のかけがえのない作者の心そのものとして立ち上がっているということを言いたいのだ。一句目の、どんな時にでも「朝が来て」生命の営みが始まるという実感は、何度読んでも新鮮だ。二句目は、どこにでもある卒業式のどこにでもある一場面。類想感ももちろんある。しかし、「ひかり」と願いを書きつけようとした作者の眼裏には、やはり、震災を経ての苦難の日々が焼きつけられている。三句目の、非日常が日常と化してしまった光景には、それゆえの悲しみと一筋の希望とが、言葉の裏から滲み出てくるようだ。どれもが被災者の作品。

避難先六年二組地震の春　　近藤　隆
被災地の泥を銜えて初燕　　丸山千代子
若葉燃ゆ泣ぎながらでも生ぎっぺし　　工藤　幸子
激震に耐へてゐたりし墓洗ふ　　綱川敏子
もうわが田無けれど稔る田に安堵　　島田啓三郎
小春日の図書館に居り仮設の子　　佐久間律子

私が関わった俳誌「小熊座」の「東日本大震災復興支援俳句コンクール」には、こんな作品が寄せられた。

泥の遺影泥の卒業証書かな　　曽根新五郎
春の海ただ一揺れで死者の海　　泉　天鼓
草笛よ卒業式は海の中　　髙橋きよ子

一句目は東京の島暮らしの人。これはテレビなどの映像に基づいた句だろう。だが実際、伊豆諸島にも津波は到達した。この即物提示からは、生々しい現実感がそくそくと伝わる。震災の句作には、被災地に住んでいない者は慎重であるべきとの考えがある。テレビからの取材にも問題があるという。私は、これらの考えに反対ではない。実際、メディアを通じた安易な取材は、メディアの主張を自分の主張とうっかりすり替えてしまい、作者の素の思いをスポイルしてしまう危険がついて回るからだ。また、被災の句だから、被災者の思いに自らの思いを重ねなければというモラル的心情が、本当の自分の思いに見えないフィルターをかけてしまう場合もある。私も阪神淡路大震災の時は、ついに一句も納得できるものができなかった。たぶん、そんな雑音に自分を見失っていたからだろう。しかし、やむにやまれぬ思いが、ひたすら句作へと自分を駆り立てる時、それは被災地にいようがいまいが問題にならない。

二句目は千葉の人、三句目は宮城の人、実際の海からの発想とも想像の作とも受け取れる。しかし、これも作品価値の本質には何も関係ないことだ。第一、誰が被災者で誰が被災者ではないのか。それは住んでいる場所や体験の有無が決めることではない。その人自身の心の在り方の問題である。誇張を承知で言えば、このたびの福島の放射能の災禍は、日本人、いや、世界のすべての人が被災者なのである。

揺るぎなく暑し東北地も海も　瀧澤宏司
旱星瓦礫の中のランドセル　宮川　夏
生き残りたる火蛾として地べた這ふ　齋藤俊次
殺処分決まりし牛に緑雨かな　藤森秀子
瓦礫じゃない私の家です立夏です　松田正徳

句をあと二つ挙げさせてもらう。

夏雲や生き残るとは生きること　佐々木達也
さわ先生カニに変身あいに来た　瀬戸　洋

一句は俳句甲子園に出場した高校生の句、もう一句は地元宮城の東松島市に住む四歳児のもの。どちらも大震災の句であるか一読判別しにくい。しかし、前句の「生き残る」には、多くの死と立ち会った時にだけ生まれる切実な思いが込められている。高校生らしい素朴さも溢れる。後者の「変身」には、もう、この世にはいない人への思慕とよみがえりの願望とが、まさにたどたどしく表現されなければ伝わることのない世界そのものとして書き留められている。本人は漢字はおろかひらがなもこころもとない年齢だから、これは大人の書き写し。俳句というより単なる呟きと言ったほうが適切かもしれない。呟きが詩になることはツイッターもそうだが、俳句が証明した事実でもある。

こうした俳句に出会うたびに、俳句形式の持つ無名の力というものに私は突き当たる。練磨洗練された言葉の姿や深遠高雅な思想とは遠いけれども、その場その時の人間の肉声が、生々しくかつ率直に、それぞれの在りよう以外では在り得ないものとして聞こえてくるのである。

それは、もしかしたら、作者の表現力以上に、東日本大震災という未曾有の現実が支えている言葉の力であるかもしれない。あるいは、読み手としても思いが過剰に反応して、かろうじて成立している世界かもしれない。いや、そうであってもいいと思う。おそらく俳句はもともと、そういう芸文なのだ。時や場を共有している限られた人々の、限られた時空で成立してきた芸文なのだ。そして、それゆえに生まれる無名のエネルギーにこそ俳句の原点がある。

俳句はかつて俳諧や誹諧と呼ばれた当初から、肩書も財もない庶民の詩であった。それは、和歌が貴族や武士が自らの名や存在を残し、広く伝えようとして作られてきたことと対峙する。俳号と呼ばれる名は、いわば仮の名。俳人はもともと自分の名などにこだわってはいないのだ。俳号はむしろ、社会的存在としての自分を拒絶する意思表示とも言えるもの。作品そのものが、それも意中の何人かの心にしっかり響くことを願う、つつましい自足そのものの世界である。その無名の力を改めて確認できた年と言ってもいいだろう。

しかし、俳句は、時代や時事には向かない詩形だとの声もあちこちから聞こえている。詩形の短さや季語の制約ゆえの限界が問われるのだ。宮城で過日行われた、小池光、佐藤通雅《みちまさ》、梶原さい子の歌人三氏による公開鼎談《ていだん》でもそうであった。タイトルは「震災詠について〜言葉に何ができたか〜」。これは高校生を対象とした催しだから目くじらを立てることもない、いや、若者向けの話ゆえに問題なのだとジレンマのうちに聞いていた。まして、話がおおむね正鵠《せいこく》を射ているから、なお始末に負えない。しかし、最後に小池光がこう付け加えた。

「季語を持つ俳句が、今度の大震災を詠うことができるとすれば、ある程度時間が過ぎたこれからだろう」。これは俳人は心に留めておくべき言葉だろう。もう誰も昨日の世界へは後戻りできないのである。歴史も自然も、そして人間の在り方も、昨日までの世界観が崩壊したこれからを歩まねばならないのだ。俳句の在り方が今、一人一人に問われている。正念場はこれからである。

（角川「俳句年鑑二〇一二年版」／平成二十三年十二月七日発行）

俳句のこれから――〈講演〉

被災地の俳人の作品

震災を契機にして生まれた俳句を通じて、これからの俳句について考えてみたいと思います。

最初に、被災地の俳人の俳句にどんなものが生まれたかということをお話ししたいと思います。今年（平成二十五年）、現代俳句協会の協会賞特別賞を受賞した照井《てるい》翠《みどり》さんの俳句を紹介します。照井さんは岩手県釜石市で高校の先生をしています（現在は北上市勤務）。

震災当日は学校で被災して、体育館に生徒とともに避難し、その後一か月ほど体育館で過ごしたと聞いています。もっとも感性が鋭く、繊細な時期にこういう悲劇に遭ってしまった子供たちは気持ちが大変動揺する、それを慰めたり支えたりするのが、とても大変なようでした。

震災当日の夜、生徒たちにろうそくを配ると、「ああ、クリスマスみたいだ」と言って、震災の夜とは思えないようにきゃあきゃあ言いながら夜を過ごした。「ディズニーランドに来たみたいだね」などと言う子もいたそうです。

ところが次の日から、生徒たちの親の悲報が舞い込みます。今の子供たちは携帯電話を持っていますから、心配して被災の状況を調べると、亡くなった方の名簿に友達のお母さんの名前を見つける。「誰々ちゃんのお母さんだよ」と、その声を聞いて、自分の母親が亡くなったことを知る。その生徒は「嘘言わないで！」と言いながら外へ飛び出していく。そういう状況の中で生徒たちを励ますわけですから、容易ならざることです。泣き声というのは伝播《でんぱ》しますから、体育館が泣き声で溢れるというような状況だったようです。ですから照井さんも、最初の一週間ぐらいは俳句を作れなかったそうですが、その後少しずつ気を取り直して俳句を作り始めました。

次の句は震災から三日目でしたか、作者が初めて自分の家に戻り、ショックな情報や状況を見たことから発想した俳句です。実際にこういう状況を見たかどうかは分かりませんが、見ているか見ていないかということはこの場合直接関わりのないことです。ただ、こういう状況が十分想像できる、そういう現場に立ち合っていたことは間違いないようです。

泥の底繭のごとくに嬰と母　　照井　翠

小さな子供と、そして母親が、泥の中でそのまま亡くなっていたという、ショッキングな場面を俳句にしたんですね。「繭」は季語と考えられるかどうか、私は無季だと思っています。作者はおそらく想像力を働かせ、こうした状況で亡くなっている姿を映像化し、そして表現したのだと思っています。同じことは次の俳句にも言えます。

喉奥の泥は乾かずランドセル　　照井　翠

子供たちが亡くなったというニュースは、私のところにもずいぶん届いていました。また、照井さんが住んでいた釜石市は、人口の三パーセント弱、千人を超える方々が犠牲になっているところですから、こんな状況はいくつもあったのだろうと思います。この俳句も私は見えていないものを表現していると思います。喉の奥の泥というのは、たとえ亡くなった子供の姿を実際に目にしたとしても、見えるはずがありません。だから、これもやっぱり、想像力が捉えた俳句だと思います。季語はありません。「ランドセル」を季語にするという考え方もないわけではありませんが、ここでは小さな子供であるということだけだと思います。

　このようなショッキングな状況、イメージを紡ぎ出したというのも、そういう大変悲惨な状況に彼女が身を置いていたからなんだということです。現実に見たものをそのまま表現するわけではないけれど、作者が置かれている状況、その時感じたこと、思ったこと、そういうものが密接に結びついた状況で生まれた俳句だろうと思います。

　同時に、俳句は季語が必要であると言われています。私もそう思っています。季語は大切なもので、これを欠いては俳句にならないだろうと。でも、無季であっても、あるいは無季でなければ表現できない世界がある、ということを、震災の俳句からも確認できました。さらに、震災という非日常的状況と分かちがたく結びついたところで初めて生まれる俳句があるということを強く印象付けられました。

　これは普段のさりげない日常詠でも実は同じなんですね。さらに、いかにショッキングな、非現実的なイメージであっても、それが、その時の作者の現実と分かちがたく結びついているなら、普遍的な世界を伝え得るということだろうとも思います。


　孑孑《ぼうふら》に会ひたるのみの帰宅かな　　小原啄葉《おばらたくよう》

小原啄葉さんは九十歳を超える俳人で、『黒い浪』という句集を出しています。盛岡にお住まいで津波などの大きな被害は受けていません。体がやや不自由と聞いていたので、最初この句は想像で作った俳句だろうと思いました。しかし、実際に小原さんは被災地に行っている。家の人の車に乗せてもらって、二度ほど行っていたそうです。盛岡から三陸の海まで車で二時間以上かけて被災地に行き、そして現場を見ている。何もなくなった状況をしっかり頭の中に焼きつけている。そこから発想が始まっています。

では、実際にぼうふらを見たのかどうか。たぶん、見てはいないんだと思います。しかし、そういう家も何もかもなくなった状況と、かつて小原さん自身がぼうふらを見た、その体験の積み重ねが、被災の状況を俳句にしようと思った時に、作者の頭の中で結びついたんだろうと私は思います。

被災地に行って、つまり自分が住んでいた場所に行ってみたのだけれど、家も何もなかった。当然、自分の家族もいなかった。しかしそこには、ぼうふらという小さな生き物が、水の中でうごめいている姿があった。そういう俳句ですよね。誰もいなかったという哀しみ、やがて蚊になるぼうふらという嫌われ者の生き物がしかし、必死に生きている姿、哀しみと同時に、生きている姿を見た。いわば、一種の感動でしょうか、それが一句になっているわけです。これも私は小原啄葉さんという人の、それまで九十年間生きてきた、その生きざまが捉えたのだと思います。実際に小原さんは戦争にも行っていたはずで、生き死にということも体験されてきただろうと思います。そういうことが力になって一句にまとめ、そして、作り上げられた俳句なんだと思います。

牛虻よ牛の泪を知つてゐるか　永瀬十悟《とおご》

永瀬十悟さんは「ふくしま」五十句で角川俳句賞を受賞した俳人です。福島県の須賀川《すかがわ》に住み、「桔槹《きっこう》」という原石鼎《せきてい》系の伝統ある俳誌に所属する、しっかりとした花鳥諷詠《かちょうふうえい》俳句で育った方です。その永瀬十悟さんもやはり、震災を俳句にしなければいけない、そういう状況を言葉で表現しないといけないと思った一人です。

この俳句は、震災の様子だということを一言も言っていません。普通の、どこにでもある牧場であるとか、農家であるとか、そういう状況としても読める俳句だと思います。牛の血を吸って生きている牛虻よ、牛の泪、哀しみを知っているのかという、批判も込めた問いかけ、それがこの俳句です。震災という状況を抜きにしても読めるこの俳句が、どうしても福島の放射能禍によって行き場を失ってしまった牛の姿を思い出させるわけです。

震災ではたくさんの牛が置き去りにされました。インターネットで調べたところ、今年(平成二十五年)の十月の状況ですが、餓死した牛が千七百頭、それから人間によって安楽死させられた牛が千六百頭、現在八百頭ぐらいが生きているそうです。それも食べ物もない状況で、体中に白い斑点が出たり、さまざまな病気を持っているものが多いそうです。野性化した牛同士で子牛が生まれ、その子牛があちこちで死んでいたような状況もあるそうです。人間が作り出した事故のために牛がそんな目に遭うということを頭に置いて読むと、この「牛虻よ」というのが、だんだん「人間よ」と読めてきて仕方ありません。牛虻という昆虫の中に、ダブルイメージとして、人間が映されている。そしてそれに対する批判、抗議。俳句で批判や抗議をするのは大変難しくて、下手をするとただのスローガンになってしまう。でもこの句は、世の中、あるいは生きている人間に対する痛烈な批判であるという、俳句の一つの在り方を示していると思います。

死んでなお人に影ある薄暑なり　　渡辺誠一郎

渡辺誠一郎さんの住まいの塩竈市は四メートル以上の津波に襲われました。寒風沢島《さぶさわ》など浦戸《うらと》諸島は八メートルを超え、壊滅的な被災となりました。誠一郎さんは市役所に勤務していましたので、当日から昼夜問わず復旧の仕事に携わりました。自宅は高台にあったので無事でした。九死に一生を得た話を多くの友人知人から何度も聞いたそうです。寒風沢島の友人も亡くしています。その激務の後遺症でしょうか、顎《がく》関節症と左腕の腱鞘《けんしょう》炎も患いました。

塩竈で生まれ塩竈で育ち、塩竈市民のための仕事をして生きてきた人の被災への思いは言葉に尽くせないものがあったことでしょう。その夏の句です。おそらくいくつもの埋葬に立ち会ったに違いありません。生きている人にも息絶えてしまった人にも、肉体である限り等しく影が生まれます。ありのままを見つめながら、しかし、言葉を紡ぎ出すことの困難さを当時、次のように述べていました。「今回の災禍の現実、そして、私の心のあり様を俳句にしようと思う。しかし、なかなか言葉にならないのが本当のところだ。身体以上に精神に亀裂が走り、今なお浮遊している感覚なのだ」。これは被災地の多くの俳人に共通する苦渋であったと言えます。

避難所に回る爪切夕雲雀　　柏原眠雨《かしわばらみんう》

柏原眠雨さんは仙台市にお住まいですが、震災当日は句会の指導のため東京にいました。ただならぬ揺れに、家族や親族はじめ俳句の仲間たち、ことに壊滅的な被害を受けた三陸の仲間が心配になりましたが、電話も一切つながらず、連絡を取るすべがありませんでした。新幹線はじめ交通機関がストップしていましたので途方にくれたそうです。やむを得ず一週間のホテル住まい。その後、新潟を経由してなんとか仙台の自宅に戻ることができました。

その後の行動に驚きました。ただ溜息ばかりついている私とは異なり、早速愛車を駆使して気仙沼《けせんぬま》や南三陸などへ結社の仲間の安否確認に出かけたのです。家屋を流失したり、浸水の被害を受けたりした仲間は少なからずいたものの、死者はいなかったとのことでした。この句は、その慰問の最中、出会った光景でしょうか。被災者がひっそり爪を切っていたのでしょう。「爪切」が無言のまま、さまざまな事情を伝えてきます。避難がそれだけ長引いていること、被災者同士のささやかだが強い連帯意識が生まれていること、夕雲雀が明日の希望を伝えます。眠雨さんは客観写生を俳句の基本として墨守《ぼくしゅ》しています。しかし、そのまなざしは人間の営みのあり方をも確実に捉えています。これは山口青邨《せいそん》門であった小原啄葉さんにも共通するところです。震災はさまざまな手法によって、さまざまに人間を表現できることを教えてもくれました。

被災地以外の俳人の作品

次に、直接被災していないところに住んでいる俳人の作品を紹介したいと思います。もっとも被災地かどうかというのは一人一人の受け取り方の問題です。私は多賀城にある集合住宅の五階に住んでいて、津波が二百メートル手前まで来ました。私自身は直接被害を受けているわけではありません。仙台駅から歩いて帰ってくる途中、津波の現場に遭いましたので、私の家ももう駄目かな、とか、買ったばかりの新しい車はもう覚悟しなきゃ駄目かな、などと思いながら帰りました。でも、どちらも無事でした。川がそばにあって、その堤防が堰き止めてくれたのです。だから家は一部損壊扱いにはなりましたが、直接の被災者ではない。けれども、周辺には親族が亡くなったり家が流されたり、さまざまな被災が満ちている。自分が同じ被災者というのはどこかためらいがありました。

福島原発の被災者はどうでしょうか。二十キロ圏とか三十キロ圏とか、距離によって被災の程度が区別され、それが大きな問題にもなりましたが、放射能の被害は福島に限りません。隣の宮城県でも放射能で山菜などが食べられなくなっている。東京に住んでいても、放射能や電力供給から言えば被害者です。原発のこれからを考えるなら、日本人すべてが被災者とも言えるわけです。被災者かどうか、それはどう受け止めるかによるのです。加害者についても同様です。政府や電力会社を非難するのは容易ですが、原発を作ったのは本当は誰なのか、難しい問いなのです。

津波のあとに老女生きてあり死なぬ　　金子兜太

これは何から取材した俳句でしょうか。おそらくテレビの映像です。石巻で、九日ぶりに生存しているのが見つかったおばあさんと孫の様子が映し出されました。あれから取材した俳句です。テレビの映像は俳句にならないと言われています。ただし、これも表現の仕方です。「老女生きてあり死なぬ」。この「死なぬ」という断定に至ることができたのは、人間の生き死にを、それこそ全身全霊で見つめていたからこそ可能となったんだろうと思います。物をどう見るか、その見ようによっては俳句になり得るという例だと思います。しかもその背後には、金子兜太さんが戦場という過酷な世界で人間の生き死にを見てきた姿があると思うんですね。トラック島で死者をたくさん見てきた、そういうかつての体験が一句に集約されているのだと思います。金子兜太自身の言葉を借りるなら、「人間の総量をかけて」物を観ている。そういう時にこういう俳句が生まれるのだと思います。

三月十日も十一日も鳥帰る　　金子兜太

三月十一日は当然、震災の当日です。私はこの句を、小澤實さんとの対談の時に、「三月十日は何もない普段の平凡な日」と鑑賞したんです。一日前の平凡な日も、三月十一日という人間にとって大変な日も、鳥は営々と自らの営みを必死に行っている、というように。そうすると、早速読者の方から葉書を頂戴しまして、「三月十日は東京大空襲があった悲惨な日」と教えていただきました。金子さんに後で伺ったところ、やはりご本人も三月十日は東京大空襲のつもりで詠んだそうです。「でも高野のように解釈されてもしょうがないかな」とも呟いていました。平凡な日と鑑賞するのも当然可能で、それも味わい方の一つですが、作者が戦争体験者であることを前提にするなら、やはり、三月十日は十万人以上の死者を出した大空襲であろうと思います。戦争を体験している方には三月十日は大事な日です。俳句はもともと多様な解釈ができます。同時に、時代をしっかり背負っています。

サンダルをさがすたましひ名取川　　髙柳克弘

髙柳克弘さんは三十代の若い俳人で、俳誌「鷹」の編集長です。震災の年の六月、彼は雑誌に被災地の様子を書くために取材にやってきました。これは私と会う一日前に、名取市の閖上《ゆりあげ》で作った俳句です。名取川のちょうど河口にあたり、大変被災が激しかったところです。魂がサンダルを探している。「ビーチサンダル」は季語ですが「サンダル」は季語ではありません。こだわることもないでしょうが、やはり無季です。それまで、有季定型を重んじてきた彼のような俳人も、無季で俳句を作っている。私はここに、俳句という形式が必ずしも季語を要請しない、俳句が季語を拒むこともあるとの好例を見るわけです。だからといって、無季俳句を誰もが作るべきと言っているわけではありません。髙柳さんにとって師匠にあたる小川軽舟さん（「鷹」主宰）も「私ももしかしてそういう状況にあったら、無季俳句を作るかもしれない」と言っています。とても率直な意見だと思って聞いていました。ご存じと思いますが、「名取川」は歌枕です。「みちのくにありといふなる名取川なき名とりては苦しかりけり」（『古今和歌集』）という和歌がありますが、その和歌も踏まえている。亡くなった人の魂が恋人のサンダルを探しているとも読めます。歌枕が、いわば季語の代わりの働きをしていると言ってもいいでしょう。

真炎天原子炉に火も苦しむか　　正木ゆう子

正木ゆう子さんは埼玉の人で、もちろん原子炉を見ているわけではありません。これは想像力が捉えた原子炉だと思います。この発想は、例えば気仙沼が津波の後で大火に襲われたように、人間はそれまで恩恵を受けてきた火に苦しめられる。戦争という火にも苦しんできた。同じように、人間に未来を与えるはずだった原子炉の火も恐怖の存在となってしまう。さらにその火自体も本当は苦しみ悩んでいる、そういう発想なんですね。ギリシャ神話ではプロメテウスが天界より火を盗んできたわけですが、与えられた人間以上に、火自体が人類を滅亡させるかもしれない事態に苦しんでいる。こんな俳句はこれまでは、まったく生まれなかったと言ってもいいと思います。

梅雨茫々孤身の松のしかと立つ　友岡子郷

友岡子郷さんは、阪神淡路大震災の時に、たくさん被災の俳句を作りました。有名な「倒・裂・破・崩・礫の街寒雀」という句がありますが、非常に映像がシャープで、私たちに衝撃を与えた人です。子郷さんは今度の東日本大震災にも大変関心を持っておられるけれども、被災地には来ていないんだと思っていました。なぜかと言うと、阪神淡路大震災の後で、子郷さんは脳梗塞を患っています。歩くのが大変そうな、そういうお体ですから、たぶん行ってはいないんだろうと思ったら、実は、震災があったその年に陸前高田に行かれていました。私は恥ずかしくなりましたね。私が陸前高田に行ったのは、ついこの間です。その陸前高田の「奇跡の一本松」、それを見た時の俳句ですね。たった一本だけとなった松がしかと立っている。その松に対する思いを寄せています。「しかと立つ」は松に対する激励ですが、何度も口ずさむと、この孤身の松が、子郷さんご自身の姿に重なってくるのです。自分と松が一体化している。松そのものの姿に、自分をも見ているのだということです。「松のことは松に習へ」、これは芭蕉の言葉ですが、物と相対するのではなくて、物に参入すると言ったほうがいいでしょうか。物そのものから物の在りようということを教わる。それがこの俳句に具現されているのだと思います。

みちのくをみてきし月をけふの月　　長谷川櫂

長谷川櫂さんは震災直後から精力的に歌集、句集を刊行し、さまざまな反響を呼びました。句集が後になったのは、悠然たる時間の流れの中で眺めるところに俳句の特性があると感じたためだそうです。それが歌枕で歌を詠んだ歌人たちのように、遠望しながら俳句を作るという態度につながったのでしょう。でも、なぜ、西行や芭蕉が困難な旅をしてまで現地を訪れたのかなど、いろいろ考えさせられました。

この句には、遠くから眺めている自分の在りようが映し出されています。みちのくの悲惨な状況を見つめてきた月が、今自分の眼前に上ったという捉え方から、作者自身のその時の心の切実さが伝わってきます。「けふの月」は名月ですが、「けふ」という言い方が生きています。月の光を浴びることで自分が訪ねていない被災地と同化している。そんなことを思わせる俳句です。

海溝に雪よ弔歌のごと積もれ　　寺井谷子

寺井谷子さんは北九州市在住ですから、この句も被災地から離れ住む人の句です。「弔歌のごと積もれ」は感情が溢れ出たようなとても激しい表現です。被災地に赴くことのできない歯がゆさが生んだものでしょう。昭和二十年八月九日の原爆投下目標地は当初、福岡県の小倉《こくら》市（現北九州市）だったそうです。天候のせいで長崎に変更になりましたが、もし小倉であったなら、当時赤ん坊だった寺井さんはその犠牲になっていたかもしれません。そんな切実な思いがこの句から感じられます。

鮑《あはび》蜑《あま》津波を語りつと消ゆる　西山　睦

西山睦さんの生まれは多賀城市ですが、父親の転勤で小学校入学と同時に多賀城を離れています。普段は意識しないふるさとを、ことに心にするようになった大きなきっかけが大震災です。ユーチューブで見た多賀城の砂押川《すなおしがわ》を遡る映像に大きな衝撃を受けたそうです。この句は震災から一年後、南三陸町の志津川《しづがわ》湾を訪れた時のものです。町一つ消えてしまった瓦礫の浜を目にした時の幻影でしょうか。津波にさらわれた鮑捕りの蜑が一人眼前に現れ、津波の恐ろしさや苦しみ、悲しみを語り、そして、消え去ったのです。夢幻能の世界でもあるかのようです。実際に南三陸では俳句仲間の一人が津波の犠牲になっています。

短夜の赤子よもつともつと泣け　宇多喜代子

大変有名になった俳句です。「もっともっと泣け」というフレーズは、たくさん亡くなった方がいて、亡くなった赤ん坊がいて、そのことが作者の根底にしっかりと捉えられているから生まれたフレーズだと思います。命は貴い、だからもっともっと、いくらでも泣いていいよ、という呼びかけですね。この句は、竹下しづの女の「短夜や乳ぜり泣く児を須可捨焉乎《すてつちまをか》」を思い出させます。「捨てっちまおか」、この反語的な物言いに、それゆえの深い愛情が感じられる。「もっともっと泣け」も同じです。生命の叫びですね。この俳句は、東日本大震災に限定して鑑賞する必要はないと思います。今でも戦争はあちこちで起きている、そういう戦地での俳句としても読めます。以前に宇多さんは「八月の赤子はいまも宙を蹴る」とも詠んでいます。こちらは少女時代に山口県の徳山で体験した空襲と、その時、焼死した赤ん坊の姿から生まれた句です。悲惨な体験がより命の大切さを担った言葉を生む。言葉というものの不思議さ、深さを感じさせます。言葉は、その人の生きてきた時空を丸ごと背負って現れるということです。

東日本大震災句集『わたしの一句』が示すもの

今年、私の住んでいる宮城県俳句協会では、誰でも参加できる一人一句の俳句を募集しました。呼びかける予算もありませんから、知っている雑誌だとか、新聞、機関誌だとか、そういうところに声がけをしたんです。どれくらい集まるか心配でしたが、千二百句以上集まりました。募集する時、震災と関わりない俳句がたくさん来たら困るなと懸念しましたが、それはまるっきり杞憂《きゆう》で、どれも心から溢れた俳句ばかりでした。その中の一部を紹介します。

炊き出しや余震にゆるる蜆汁　　熊沢れい子（宮城　仙台）

こういう俳句を読むと、私は次の二つのことが思い浮かびます。一つは、小澤實さんが対談の時に話した、「原発事故は、季語の意味を変えた」、大きな変化を与えたという言葉です。例えば「新米」という季語は、それまでは米が収穫された喜びのみを表す季語でした。でも放射能によって米に不安感が備わったんですね。

もう一つは、佐藤通雅さんという歌人が、和合亮一さんと私の三人の鼎談で述べた「季語が凌辱《りょうじょく》された」ということ。こちらのほうがショックな言い方ですね。美しくて豊かな季語の世界が、放射能によって凌辱されたのだと。私ももっともだなと思います。でも、それでは季語は本来の力を失ったか。いや、そんなことではない。むしろ季語の世界に新たな面が加わったと受け取るべきなのです。自然そのものも恵みを与えるだけではありません。悲惨な災害ももたらします。放射能は人間がもたらした存在に関わる脅威ですが、それも季語は表現し得ると思いました。

この句は地震の句ですが、これまでの季語「蜆汁」とは違った趣を表現しています。蜆汁は、美味しい春を告げる、そういう食べ物ですね。でもここでは、余震に椀の中で揺れる蜆汁。不安とともに喜びを味わっている、そういう句になっています。季語にもう一つの面が加わって、しかも俳句に生きていると思います。

青森、岩手、秋田、山形からも投句が寄せられました。

生き抜いてくだされ風邪ばひかねよに　佐々木とみ子（青森　青森）

カーナビに消えし街並寒波来る　栗山朗子（青森　三戸）

陸に灼ける鉄骨海にはされかぅべ　大畑善昭（岩手　花巻）

卒業式避難経路の話から　佐藤レイ（岩手　奥州）

潮騒や瓦礫の上の天の川　細田桂子（岩手　盛岡）

瓦礫にも明日を告ぐる大夕焼　島　松柏（秋田　秋田）

この老人に祈しかなく春を待つ　野越三雄（秋田　秋田）

地震の地の遺影の子等も卒業す　佐藤孝子（山形　鶴岡）

宮城県は被害が甚大だっただけに切実な句がたくさんあり、語り出すときりがありません。可能な範囲で紹介します。

卒業子「天を恨まず」と言ふ答辞　阿部サタエ（宮城　利府）
非常食分け合ひしこと春の雪　淺沼眞規子（宮城　仙台）
嬰の泣く声を力の三月来　石崎径子（宮城　松島）
あるがまま受け入れ仰ぐ紅葉かな　岡田とみ子（宮城　松島）
名札無き柩の上に梅一枝　小野寺濱女（宮城　気仙沼）
桜散る人呑み込みし海に散る　鹿目勘六（宮城　仙台）
被災地の空は水色燕来よ　木村照代（宮城　仙台）
三月十一日二十三人分生きる　熊谷山里（宮城　多賀城）
蝶生まる瓦礫の町を故郷とし　佐藤成之（宮城　仙台）
かの世でも皆貰ひしやお年玉　平山北舟（宮城　仙台）
一本の水一枚のパンに雪　堀之内久子（宮城　利府）
生き死にやまづ鉄壁の畦を塗る　水戸勇喜（宮城　柴田）

俳句はささやかな営みかもしれません。しかし、こんな卒業式やお年玉はかつてなかったでしょう。三月が嬰児の力さえ支えにしなければならない悲しみの月と化したのです。

雪霏々《ひひ》とあの日の死者の瞳をもって　梧桐風美路（宮城　仙台）

雪が霏々と降る、かつて大伴家持《おおとものやかもち》は雪が降るのは豊作の予兆と、めでたいことだと表現しました。「新しき年の初めの初春の今日降る雪のいやしけ吉事《よごと》」。そのめでたいはずの雪を、今自分は、死者と同じ目をもって見ているんだ、死者と同化しているという見方ですね。この「死者」の世界が俳句に色濃く表れたというのは、かつての第二次世界大戦直後はたくさんありました。それがいつの間にか消え去って、この震災で再び現れてきたのだと思っています。高橋睦郎さんも、「死者」の世界が大変身近になったことも、詩歌にとって震災の一つの意義だろうと言っています。死者の視線がよみがえることによって、生きている我々の世界の見方がさらに豊かになる、そんなことを指摘していました。次の句にもそういう死者を見つめる視線が入っています。

大空は亡き人のため初桜　斎藤真里子（宮城　仙台）

潮の香や在れば一年生なるか　鈴木喜久郎（宮城　涌谷）

二句目は無季でしょうか。無季だけど、「一年生なるか」という言い方からすれば、「一年生」を季語と解してもいいですね。入学する前の子供です。「潮の香」という季語ではない言葉がより潮の生々しさを伝えていると思います。

開くたび墓標が見える揚花火　　土屋遊蛍（宮城　石巻）

親しい人で石巻の方です。私が「二百メートル手前まで津波が来た」と言ったら、土屋遊蛍さんは「私のほうは家の二メートル手前まで来たよ」と、それぐらい大変なところにいた人です。亡くなった知人、縁者が三十人を超えたと言って、大変なショックを受けていました。この句のような揚花火も、震災以後よみがえった揚花火だと思います。

かつては、例えば隅田川の花火も、もともとは江戸時代の水難事故やコレラによる死者、餓死した人などを供養するために始まった花火ですよね。花火にはもともとそういう意義があったわけです。それがいつの間にか、昭和、平成の平和な時代になってから、ただ単にみんなが騒ぎ喜ぶだけの花火になってしまった。しかし、こういう俳句を見ると、花火が生まれた原点に戻されます。そしてそれは、俳句にとっては、高橋睦郎さんの言葉と同じく言葉が豊かになった証《あかし》だというふうに考えることができると思います。

給水に並ぶ少年桜の芽　　おとはすみ子（宮城　仙台）

雪遊びしている声が空からも　関根かな（宮城　仙台）
九か月十四日目のクリスマス　杉山一朗（宮城　仙台　10歳）

震災以前から三世代で俳句に親しんでいる家族の作品です。一句目は少年のけなげな姿を捉えた句、二句目は亡くなった幼子たちへの追悼の思い。楽しいはずの雪遊びが悲しみを誘います。三句目は当時十歳の小学生の作品。震災が起きてから初めてのクリスマスが、九か月と十四日目だった。こんなことに気づくというのはやっぱり、これは子供なりに震災後の一日一日が大変だった証ですね。毎日、今日は何日目か数えているから、こうしたフレーズが出てくる。これも現実と分かちがたく結びついているから表現できたのです。

次は福島の方々の俳句です。その俳句にもみな、放射能の影があります。

「フクシマ」にあらず「福島」秋刀魚焼く　大野京子（福島　喜多方）

震災以降、福島は原発事故がありましたので、ヒロシマやナガサキとの連想でカタカナで書かれることがありました。でも、現地の人にとっては、カタカナでフクシマと呼ばれたくはないわけです。それが「フクシマにあらず」」、やっぱりここは福島だよ、という思いが入っていると思います。福島も秋刀魚を水揚げします。

風評のまつただ中の田植歌　齋藤耕心（福島　須賀川）

俳句はもともとユーモア、滑稽が大事です。この句はそういう滑稽味のある俳句だと思います。どこが滑稽になるか。これは、芭蕉が「おくのほそ道」で須賀川滞在中に詠んだ「風流の初《はじめ》やおくの田植うた」の句を踏まえているからです。芭蕉は、ここは風流の土地だよ、田植をすること自体が風流だよと言ったけれど、今はとんでもない、風評のまっただ中だよ、と言っています。ここにイロニー、皮肉がきいています。

セシウムの声か落葉のかそけさは　坂本　豊（福島　福島）
帰望といふ造語を託す星朧　高橋保雄（福島　郡山）
黒板の日付は三月十一日　花房幸道（福島　福島）
ふくしまにそれでも生きる種蒔いて　唯木イツ子（福島　福島）

二句目の「帰望」という造語はどうでしょう。普通、造語はいけないのですが、こんな使い方をすると、私は造語もいいものだと思います。

水こぼさず死者をこぼさず春の地球　新井秋沙（埼玉　日高）

これは埼玉の方の句ですが、かなりスケールの大きい俳句。こんな壮大な視点の命を見つめた俳句が、日常のささやかな句作りから生まれてきたというのも、今度の震災が俳句にもたらした大きな出来事だと思います。

今度は中学生、高校生の俳句を紹介します（年齢は被災時または作句時）。

「助けて」の声が聞こえる春夕焼け　荒舘香純（宮城　仙台　16歳）

自分にはどうすることもできないけれど、あの春夕焼けの先には「助けて」と叫んでいる人がいるのかもしれない。純粋な分、デリケートな分、切実に伝わってきます。当時中学二年生ですから十四歳です。感性の鋭さがこういう言葉を生み出していくのですね。

案山子《かかし》さん変わってないよね福島は　関根裕子（福島　石川　18歳）

この「変わってないよね福島は」は、とても複雑で重い台詞だと思います。なぜか。もちろん海辺の被災地は津波が来ているから変わっています。とれる米も以前と同じだけれど、放射能のために変わってしまった。けれどもその現実はとても受け入れがたい。だから、田を守る案山子さん、どうなの、福島は変わっていないよね、と問いかけているのです。福島ならでは俳句だと思います。

三月の日記開けず春の星　野川奈桜（宮城　仙台　18歳）

春の土ランドセルには時間割　高橋麗衣（愛媛　松山）

ここまでが『わたしの一句』に掲載の作品から紹介したものです。ほんの一部で、もっと取り上げたい句がたくさんあります。

最後に、俳句甲子園という松山で行われているイベントからです。夏井いつきさんという辛口で評判の、しかし、やさしい俳人が広めたイベントで、日本イベント大賞をもらいました。高校生の俳句は熱いです。そこに震災の年、小牛田《こごた》農林高校という宮城県の農業高校の団体が出場しました。その生徒の作品です。

滝音や死ぬときはベッドと言う少年　高橋孝輔

高橋君は東松島市に週に一回くらいずつボランティアで片付けに行っていました。泥をさらったり重い荷物を運んだりしたそうです。その時に会った一人の少年が、「俺は死ぬ時はベッドで死にたい」と言ったそうです。家の人が亡くなったのでしょうね。泥に濡れて死ぬのは嫌だ、ベッドで死にたい。子供の切実な気持ちです。その時の思いを自分で受け止めて、「滝音や」という季語を付けた。これは課題の季語ですが、季語もきいていきます。滝音の水の轟轟落ちる音が、だんだん不安感を深めていきます。

瓦礫がれきあまりに白し夏の雲　福井蒼平

岩手の水沢高校の生徒です。瓦礫のまぶしさ、夏の雲のまぶしさ、それに打たれて、そこに悲しみを託している俳句です。

これらの俳句は、これからの俳句を作っていく時に、私たちにいろいろな暗示を与えてくれると思います。

この世とか現実とか、生きて暮らしている場を指す言葉はいろいろありますが、「世界」とは宇宙も含めてすべてを包括する時空を指す言葉だと、哲学者で俳人でもある大峯あきらさんから教わりました。その世界と、それぞれが、それぞれの在り方で言葉で向かい合った時に、初めて俳句となる。それも相対するのではなく、その世界の一住人なんだという姿勢から、つまり、自分もただの一事象としての存在なのだと認識するところから、初めて俳句が生まれてくるんだと私も思いました。世界を「自然」と読み替えてもいいと思います。自然の中には人間とか、社会も入るのだと、高浜虚子も言っています。ただ、それは目に見える狭い自然現象だけではないのです。人間の叡智《えいち》などちっぽけで、たちまち霧散してしまうものに過ぎない。もっと壮大なスペクタクルの中に生かされている微生物のような存在であって、その微生物が吐く泡のような言葉が俳句となるのです。

マックス・ピカートという哲学者がこんなことを言っています。「沈黙は言葉がなくても存在する。けれど沈黙がなければ言葉は存在しない」。沈黙があって初めて言葉が存在するということですね。これは俳句にとって大変大事なことだと思います。俳句は短いです。五七五は本当に限られた世界、でもその言葉の背後には無限の沈黙がある。震災の苦しみ哀しみはいくら語っても語り尽くせません。しかし、十七音が壮大な沈黙を支えとすることで大きな力を得ることは可能なのだと思います。

高橋睦郎さんは、今度の震災では短歌より俳句のほうがいい作品を残したと言っています。なぜかというと、俳句のほうが、その背後に抱える沈黙の量が、震災という悲惨な事実とつり合っていたからだと思うと述べていました。俳句の沈黙の力をこれからも大切にしたい。また、それは、これまで紹介した俳句にも十分、備わっていると思います。

（第三十一回神奈川現代俳句協会俳句大会／平成二十五年十一月四日）

第二章　一〇〇〇日以後

「自然」と「人間」はどう詠われてきたか

芭蕉にとっての自然とは

「自然と人間」が俳句形式の中で、どのように位置づけられ表現されてきたか、思いつくままに作品を手がかりに述べてみたい。

荒海や佐渡によこたふ天の河　　芭蕉

『おくのほそ道』の途上で作られた世上名高い一句である。元禄二年七月、出雲崎での吟と知られている。この句の魅力はさまざまに語られているが、芭蕉の自然観、そして、人間観が象徴的に表れている点にある。『おくのほそ道』の本文では、ここに至るまでの経緯を「此間《このかん》九日、暑湿《しょしつ》の労に神をなやまし、病《やまひ》おこりて事をしるさず」と述べている。事実の如何は知らないが、艱難辛苦《かんなんしんく》の連続であったという前段が、より句の世界を深めていることは間違いない。さらに、この句に添えた詞書《ことばがき》では、佐渡を浮かべた日本海は荒波であることをことのほか強調している。例えば、『おくのほそ道』の旅の途中で記した俳文「銀河の序」には、

銀河半天にかかりて、星きらきらと冴たるに、沖のかたより、波の音しばしばはこびて、たましひけづるがごとく、腸ちぎれて、そぞろにかなしびきたれば、草の枕も定らず、墨《すみ》の袂《たもと》なにゆへとはなくて、しぼるばかりになむ侍《はべ》る。

とある。荒波の相は、視覚よりも聴覚によって捉えられているが、そのことが却って、海の荒々しさを強調する効果を生んでいる。加えて、その荒々しさが悲傷の思いをより深めている。つまり、この文章は実景であることを超えて、「荒波」の句が、作者の心象とすでに一体になっていることを指し示している。

芭蕉にとっての自然とは、この句のあり方が象徴的に語っていると言ってよい。それは、自然とは、まずもって悠久の存在であるということだ。「百代の過客」である月日が、そ

のまま自然事象の有り様に重なるのだ。つまり、芭蕉は、天の川や荒波に時間の永遠性を感じていたのである。山川草木は刻々と姿を変える。変えながらも湛《たた》えている永遠性を、春夏秋冬という一年の循環のうちに言い留める形式として認識されていた。例えば、『笈《おい》の小文《こぶみ》』に次のような一節がある。

しかも風雅におけるもの、造化にしたがひて四時《しいじ》を友とす。見る処花にあらずといふ事なし。おもふ所月にあらずといふ事なし。

「風雅」は芭蕉にあっては、俳諧そのものであるわけだが、その追求とは、自然のそのものの四時、つまり四季の変転のうちにあるといった姿勢が明確に意識されているのだ。ここにも芭蕉の自然観が如実に表れている。繰り返しになるが、自然の永遠性が、一年という循環サイクルの、その一瞬一瞬に生起していることが暗黙のうちに了解されているということだ。季節は毎年巡る。しかし、それは決して同じことの繰り返しではない。二度とはあり得ない時間の繰り返しである。そして、その繰り返しの中に生成される一瞬もまた、二度とない永遠の一瞬である。そのことを詩歌の世界においてはっきり意識し打ち出したのは、芭蕉が最初ではないだろうか。日本で最初の歌論といわれている『古今集』の「仮名序」にも「季節ごとの諸現象を詠むことが、詩歌の大事」と述べてはある。しかし、それが四季というサイクルを表現契機としてはっきり打ち出されるのは、芭蕉の時代まで待たなければならなかったのである。かくて、この自然観は以後、俳句という文学の核として存続することとなった。

こうした自然に対する態度が生まれた理由は、さまざま挙げることができる。それらに逐一触れる力もゆとりもないが、その一つに、芭蕉自身の自然への十全たる信頼感が挙げられる。その信頼感が自然の循環に従いつつ、その諸相を言葉で表現することが、実はそのまま自分自身の求めるものを語ることになるという姿勢を培ったのだ。「松のことは松に習へ」などの箴言《しんげん》は、そこから発せられている。

さらに、人間の営みもまた、その自然のサイクルの中に生ずる一現象に過ぎないという認識も明確だった。しかも、それは悠久の自然から見れば、取るに足らない瑣事《さじ》としても意識されていた。そういう視点が、荒波の中の佐渡に象徴される人間世界や、その上に懸かる天の川の無窮性《むきゅう》を発見し得たと言ってよい。佐渡は、ここでは、政治やその権力に翻《ほん》弄《ろう》される人間世界の典型として表現されている。喜怒哀楽がひしめく「この世」の象徴なのである。

古池や蛙飛こむ水の音　芭蕉

の「古池」が人間界も含めた乾坤《けんこん》の変を映す象徴であることとも通底している。

子規から虚子へ、近代俳句の自然観

明治になって俳句に写生説を主張したのは正岡子規であった。中村不折《ふせつ》の影響によって写生を唱えた子規は、蕪村《ぶそん》を高く評価した。しかし、それは芭蕉を批判したということではない。子規がやり玉に挙げたのは、自然という現実から目を背け、概念化された言葉の世界で言葉の遊戯を繰り返していた、いわゆる月並《つきなみ》と呼ばれる当時の俳句やそこに終始していた宗匠《そうしょう》たちであって、芭蕉ではなかった。そのよい例が、先にも触れた「古池」の句に関する子規の指摘であろう。

此句の真価を知らんと欲せば、此句以前の俳諧史を知るに如《し》かず、意義に於《おい》ては古池に蛙の飛び込む音を聞きたりといふ外、一毫《いちごう》も加ふべきものあらず、若《も》し一毫だも之に加へなば、そは古池の句の真相に非るなり。明々白地《めいめいはくち》、隠さず掩《おほ》はず、一点の工夫を用ゐず、一字の曲折を成さゞる処、此句の特色なり。豈《あに》他あらんや。（「古池の句の弁」）

「古池」の句に、それまでまといついていた寓意性や神秘性をはぎ取り、この句が生まれた発想現場へと遡及《そきゅう》することで、その魅力を探るべきと主張したのである。もっとも「古池」という場の設定や、蛙を「声」ではなく「飛び込む」というアクションとして表現したところには、芭蕉なりの創作意識が色濃く働いていたとは言える。しかし、それでもやはり、この句の魅力の原点は蛙の躍動そのものがもたらすリアリティにあるのは間違いない。だから、これは当時の俳諧の常識から言えば、目から鱗《うろこ》の指摘であった。しかし、子規の関心はおおむね写生という表現方法の活用にあった。写生の根底に横たわっている自然観へと直接つながるものではなかった。病篤《あつ》い子規にとっての緊急課題は、まず子規という人間の表現にあった。これは明治という近代意識そのものでもある。だから、子規にとっては、自然は自らの命と関わる事象事物として存在していたとも言える。ことに子規が病を得て後の自然は、概ねこの姿勢から捉えられていたと言えよう。そして、そこに芭蕉とはまた違った角度からの自然観が生まれたのである。その一例を挙げてみよう。

いくたびも雪の深さを尋ねけり　子規

これは子規の晩年の句である。結核性の脊髄炎の痛みと闘う中で生まれた。この句の主題は病臥《びょうが》の寂しさにあるわけだが、作者の関心そのものは、今降りしきる雪にあった。松山出身の子規にとって大雪は珍しかっただろうから、単なる好奇心から生まれた句かもしれない。しかし、「尋ねけり」に込められた思いは、それのみではない。今、眼前に見る変化していく自然の相そのものへの関心である。言い換えるなら、刻々絶え間なく過ぎていく時間そのものの具現としての自然であった。それは、作者自身のこの世にある時間そのものの消滅の姿である。子規にとって自然とは、まもなくこの世と決別する自らの命そのものを映し出すものとして存在していたのである。

近代俳句の自然観の成熟は、子規の継承者である高浜虚子の「花鳥諷詠」によって、さらに推し進められた。自然と人間は対立する概念ではなく、人間は自然の一部であるという姿勢は、先の芭蕉の姿勢にも見られたものだが、高浜虚子によって理念化されるようになった。虚子は昭和四年の「花鳥諷詠」において、

花鳥諷詠と申しまするのは花鳥風月を諷詠すると云ふことであります。一層綿密に云へば、春夏秋冬四時の遷《うつ》り変りによつて起る天然界の現象並びにそれに伴ふ人事界の現象を諷詠する謂であります。

（「ホトトギス」昭和四年二月号）

と述べている。つまり、俳句とは、一人の人間が自らの思想や意志を言葉で主張することではなくて、自然界の諸相を詠い上げる、そのことによって自ずと表現できるという主張である。自然界には、当然ながら人間界の現象も含まれるわけだが、人間の営みが自然の一部であるとの考え方もさることながら、それらを諷詠すること自体が表現の目的であり、そこで表現が完結するという態度に徹するところに、この方法の独自性がある。ここには、自然を詠い上げることが、実はそのまま自分自身を詠い上げることになるという認識が横たわっている。そして、俳句形式と、そこに表現される自然への十全の信頼感が芭蕉同様に横たわっている。

遠山に日の当りたる枯野かな　　虚子

さしずめこの句などは、そうした自然参入の方法が具現化された典型と言ってよい。この句について虚子は、次のように述べている。

自分の好きな自分の句である。
どこかで見たことのある景色である。

心の中では常に見る景色である。

遠山が向ふにあつて、前が広漠《こうばく》たる枯野である。その枯野には日が当つてゐない。落《らく》莫《ばく》とした景色である。

唯《ただ》、遠山に日が当つてをる。

私はかういふ景色が好きである。

つまり、この枯野の情景は現実のものであると同時に、作者の心象とそのまま重なっている。これは、作者の幼い時の原風景がもとになっているのだが、作者の心中でいつしか形成されていったイメージが、ある日ある時、言葉の形となって生まれたものである。記憶の中の風景が、そのまま作者の理想の風景として昇華したとも言える。それはこの引用に続けて、「わが人世は概ね日の当らぬ枯野の如きものであつてもよい。寧《むし》ろそれを希望する。たゞ遠山の端に日の当つてをる事によつて、心は平らかだ」と述べていることとも符合する。ここに虚子の自然への対し方と、それを踏まえた俳句への姿勢が語られていると言えよう。

虚子はさらに芭蕉の「乾坤の変は風雅のたね也」という言葉を踏まえながら、その概念をより強く反映した自然現象、つまり諷詠すべき現象を「季題」と呼んだ。この言葉は、明治四十年頃の河東碧梧桐《かわひがしへきごとう》など日本派の俳人によって用いられたのが嚆矢《こうし》とされているが、虚子はその概念を花鳥諷詠の根幹をなすものとしてたびたび強調した。

しかし、芭蕉の「造化にしたがひて四時を友とす」という態度と、虚子の季題という認識方法には相違がある。芭蕉の姿勢には、変転極まりない世界そのものを、あらゆる方法で捉えていこうというダイナミズムの裏付けがあった。主観的であるか、客観的であるかの区別によって、捉え方を限定しようともしなかった。それは素朴なものであったかもしれないが、自分の五感をさまざまに駆使して事象を捉えていこうという自在さをも備えていた。

それに対して、虚子の季題説は自然現象を表現契機の素材として、あらかじめ限定することから成り立つものである。その限定は、事象の季感を詠うという俳句の固有性を一段と明確化することにつながった。さらには、一見硬直化しがちな対象の限定という方法は、限定された素材の世界の豊かさを発見することにも通じた。季題から発想されることで、俳句に詠われる世界まで、さらに多様化したのである。しかし、この限定は、同時に俳句の他の可能性を閉じてしまう危険性をも伴っていたことを否定するわけにはいかない。

虚子が季題をことさら強調したのは、明治・大正の自由律俳句や昭和の新興俳句が無季に走り、俳句の固有性が揺らぐ危険性を感じたせいである。俳句を初心者に分かりやすく解くという指導者としての啓蒙的要請もあっただろう。しかし、この方法は、リアリズム本来の持つ自然把握の仕方とは相矛盾するものであった。なぜなら、季題と規定された言葉は、それまでいくたびも俳句の言葉として用いられ、その長い歳月によって美意識や情趣が蓄えられた言葉の世界であるからだ。言葉は新しい見方や感覚によって更新されることで生きて働くものだが、その言葉をあらかじめテーマとして意識することは、その言葉の美意識や情趣が、表現以前に作者の感性そのものに、既成認識のフィルターをかけてしまう危険を併せ持っていたからである。いかに写生的手法によろうが、自然に対する見方に一つの先入観を与えてしまう危険は避けられなかった。そのことが、季題の力に頼るだけの概念的かつ没個性的な俳句が量産される、もう一つの傾向を生むことにもつながったのだった。

昭和になって、俳句は水原秋桜子《しゅうおうし》の「自然の真と文芸上の真」の主張を境に、多様な展開を見せ始める。秋桜子が「ホトトギス」を離脱することを鮮明にしたこの評論は、中田みづほの「秋桜子と素十《すじゅう》」に対する反論の形になっている。しかし、その目指すところは写生主義一辺倒への反駁《はんばく》であった。さらに言えば、季題という自然把握の方法を、単なる約束として作句する無自覚な表現のあり方に対する批判であった。主体の表現意識から発想される俳句とは、本来は季題の束縛からも自由でなければならない。秋桜子は、この論で季題については一言も言及してはいないが、先に触れたように虚子の写生は季題を前提とする上に初めて成立する方法であることを考慮すれば、秋桜子の論も、つまるところは季題を表現契機としない俳句の可能性の追求へ至る道筋にあった。秋桜子に始まった新興俳句が、叙情や表現の新しさの追求のみではなく、しだいに人間探求派と呼ばれる中村草田男や加藤楸邨《しゅうそん》の方法へと展開し、さらに新興無季俳句へ進んでゆく必然性は、この「文芸上の真」自体にもともと内包されていたのである。

鰯雲《いわしぐも》人に告ぐべきことならず　加藤楸邨

この句の「鰯雲」は、もはや季題ではなく季語と呼ぶべき位相にある。なぜなら、この句は、決して「鰯雲」から発想されたものではないからだ。「人に告ぐべきことならず」という感懐は、あらかじめ作者に内在していたものと言っていい。それが鰯雲という現象との出会いによって言葉の形をなしたものである。いや、この中七下五に込められた思いが、鰯雲を見出したと言ったほうがよいかもしれない。つまり、作者という個の心的有り様が、自然の諸相を見出しているのである。そのことが「鰯雲」の象徴効果をいっそう際立たせている。

こうした作り手の人間存在としての心的有り様を起点にして自然の諸現象を捉えてゆく

方法は、自然の一現象としての人間よりも、人間社会の一現象としての人間の表現へと意識が傾斜していく。これは方法上の変化ではあるが、当時の社会的な情勢やそこで生きる人間の在り方と必然的なつながりを持っていた。楸邨のこの句は、日本が戦争へと突入してゆく時代のものである。「自分が何を求め、如何に生きるか」を、楸邨一人ではなく多くの若者が、自らの生死を表裏にしながら考えていた時代と言っていい。こうした人間そのものへの関心が無季俳句へと進んでいったのは、必然的な流れであったと言えよう。

戦争と俳句

戦争は、俳句はいかに人間を表現すべきかという命題を突きつけた事件だった。それは、それまでの自然に投影された人間や、自然の一部として自然に生かされている人間という視座からは、とうてい捉えることができない次元であったからだ。戦争とは四季という時間の巡りとはまた別の時空として捉えるべき出来事であった。「もし新興無季俳句が、こんどの戦争をとりあげ得なかったら、それはつひに神から見放されるときだ」とは山口誓《せい》子《し》の言葉である。これは新興俳句の意義に重点を置いた物言いだが、俳句自体の存在意義と読むことも可能であろう。戦争を詠むとは、とりもなおさず人間そのものを表現することであり、季題や季語を詠むことが第一義ではなくなる。さらには季題や季語を詠むことが自己矛盾を引き起こす。

戛《かつ》々《かつ》とゆき戛々と征くばかり　富澤赤黄男《かきお》

これは昭和十二年、召集を受け、その出征にあたって詠まれたものである。作者は当時軍人として出征することを肯《うべな》っていたという。もっとも、そうした予備知識なしでも、この句の淡々とした表現から、直接的な戦争批判を主眼とした句ではないと判断できよう。しかし、「戛々と」と音を立てて出征する軍人たちの先にあるのは死と背中合わせの世界である。そして、そこに戦争というものの恐るべき正体が隠されていると、この句は暗示している。こうした恐怖とも絶望とも、何とも言いようのない戦争の不気味さが表現できたのは、季節感とは無縁な次元から、ただ連綿と続く大勢の若者の靴音にのみ集中して作品化したからである。もう一句挙げてみよう。

いつせいに柱の燃ゆる都かな　三橋敏雄

これは空襲で焼け尽くされる東京を描いた句である。実際の情景でもあろうが、滅びるものの象徴的風景とも読める。そういう意味では、都を東京と限定することもない。平安京でも古代ローマでもかまわない。しかし、柱がたちまちに燃え落ちるというイメージは日本特有の家屋であってよりリアルなものとなる。「火事」は冬の季語である。厄災にまで季感を見出そうとした俳句の在り方にも感心するが、しかし、この句の空襲による火事は、そうした冬の情趣的な次元を超えている。春夏秋冬という時間観念とは別の出来事としての戦争が表現されている。

これらは虚子が目指した世界とは異質の次元に成り立っている俳句である。戦争は人間が生んだ、その生存に関わる重大この上ない出来事である。こうした命題を詠う時、季題や季語という自然把握の方法を拒絶した表現がまた不可欠だったのである。そして、そこにもまた俳句の可能性が広がっていたことは、この句をはじめ、多くの戦中、戦後に生まれた名句が証明している。

むろん、季語や季感が、戦争の悲惨さを表現できないということではない。季語は戦争にあっても俳句の重要な言葉として働き、そこにも多くの名句が生まれている。

雪の上にうつぶす敵屍銅貨散り　長谷川素逝《そせい》

赤黄男同様、軍人として戦地に赴いた素逝の句である。戦闘真っ最中の一場面をカメラのシャッターを切るように一見非情に切り取ったものだが、それが事実以上のものを伝えてくるのは、そのピントが敵兵の屍の上に散らばっている銅貨に合っているからだ。銅貨は、この敵兵にも生活があり、家族があり、平穏な生活を願っている一人であるという証である。屍になった敵兵を見ながら、そのことに気づいた作者は、そのまま、戦争という不条理を見つめていることになる。季語は「雪」だが、ここでも、単に季題としての雪が詠まれているのではない。戦争という悲惨な出来事や憎み合う人間の対極として、清浄な褥《しとね》として、象徴的な効果を担っているのである。

もちろん自然そのものを詠う俳句も戦中に作られ続けたが、そこで生まれた作品もまた戦争という出来事とまったく無縁であったのではないと私は考えている。戦争は自然の捉え方にも、直接ではないが、さまざまに影響を及ぼしたのではないだろうか。その一例として私は虚子の小諸《こもろ》での作を挙げたい。

爛々と昼の星見え菌《きのこ》生え　　高浜虚子

虚子は疎開によって三年間、長野の小諸に在住した。それまでの鎌倉での生活とは異なって、見るものがみな違って見えたようだ。「家の建築でも、土地の耕作でも、人の挙措《きよそ》でも、また言葉つきでも、何処となく荒々しい」と随筆で述べている。掲句はその別離にあたってのものだ。実際に昼の星が見えたかなど、さまざまな論議を呼んだ句だが、作者が表現したかったのは、人間の知識や想像を超えた自然の姿であり、それに直に接した驚きである。実際は井戸の中から見上げた時の星との説もあるが、その真偽はともかく、小諸という山里では、昼の星も見え、菌も想像を超えるぐらいたくさん生えてくるという、自然そのものの力への驚きが句の主眼であろう。これはそのまま、去る土地への賛歌であり、別れの挨拶なのであった。

そして、そうした自然賛美の根底には、戦争によって破壊されつつある自然を悼む思いがあった。虚子が戦後、新聞や雑誌の記者からの「戦争の俳句に及ぼした影響、又戦後の俳句は如何なるか」という質問に対して「私は俳句に限つてちつとも変化はない、従来の俳句の道を辿《たど》つて行く許《ばか》りである」と答えたのは有名な話だが、これは俳句形式そのものの存亡と俳句に向かう作者の態度としての答えであって、虚子自身が受けた影響への言及ではない。実際、虚子は、この文で終戦の詔勅《しょうちょく》を聞く前の思いとして、「戦に負けて此の美はしい山川はどうなることであらうと考へた」と述べている。虚子の自然に対する思いは、やはり戦争という時事を表裏としていたのであり、そういう意味では虚子の俳句もまた戦争の影響は受けていたのである。もっと俯瞰《ふかん》的に言えば、虚子は戦争に代表される近代との対極で、山河の存在を認識していたのであり、それが掲句のような自然賛歌に結実したのであろう。いわば、花鳥諷詠という思想自体が、近代への半措定として存在していたということになる。

以上、芭蕉、子規、虚子などの代表句を挙げ、そこに見られる自然観について粗々述べてきた。さらに戦争という四季の観念を逸脱する俳句世界についても触れてきた。そこに共通していたのは、戦争俳句や戦争をきっかけとした虚子の自然破壊への不安などを別にすれば、悠久不変である自然への全面的な信頼であったと言っていい。しかし、平成二十三年に起きた東日本大震災という出来事は、自然と人間との関わりにこれまでとは異質の大きな変化をもたらした。

大震災以後、揺れる自然観

まず挙げられるのは、自然は人間にとって恩恵のみを与える存在ではないという、当然ながら、どこかでスポイルされてしまっていた事実を突きつけたことである。大地震が起きた時、マスコミはむろん、学者までもが千年に一度の出来事であることを驚愕《きようがく》をもって伝えていた。しかし、しばらくして誰もが気づいたのは、千年という時間認識は人間が作り上げたもので、いつどこでプレートがずれ、あるいはマグマが噴出しようが、それは自然自体の摂理であって、場合によっては千年は一瞬に過ぎないという自明の事実であった。自然には自然だけのスパンがあり、それは人間の尺度では測ることができないものなのだ。そして、人間を生かすのは自然だが、人間を滅ぼすのも自然だという自然の持つ厳しさをも再認識させたのだ。

さらに人間が自然を改変しようとすれば、自然はそれに対しても厳然たる裁断を示すという事実もまた改めて示した。言うまでもなく、これは福島の原子力発電所事故を念頭に置いているのだが、この事故は、人間を含めた自然全体を危機に陥れるのは、紛れもなく人間自身であることを教えてくれた。これまでも戦争や都市化、工業化による気象変動、それがもたらす自然破壊などは憂慮すべきこととして問題視されてきた。しかし、原子力の事故は、それらとはまた別次元の出来事なのだ。自然の畏怖とは、自然の力が人間に与えるものだが、その自然さえ壊滅させる悪魔を人間自身が作り上げている事実を、自然は知らしめてくれたのである。こうした事実や自然と向かい合った俳句は、これまでにはなかったものだろう。

八方の原子爐尊《たふと》し四方《はう》拝《はい》　高橋睦郎

真炎天原子炉に火も苦しむか　正木ゆう子

原子炉の無明の時間雪が降る　小川軽舟

原爆を素材とした句は、戦後たくさん作られた。そして、テーマもさまざまだったが、核物質を作り上げた人間の恐ろしさに迫った句は数少ない。多くは原子爆弾の悲惨さや平和の願いをモチーフとしたヒューマニズムからの訴えであり、悲しみや怒りだった。しかし、今回は原子力が生む核物質への怖れや、自ら作り上げた原子炉を制御できない人間への糾弾がテーマになっている。

睦郎の句では、原子炉を神と崇《あが》めなくては生きていけぬ自らをも含めた人間の在り方への、深刻なイロニーが表現されている。

ゆう子の句は、その人間の存続自体を危うくする火さえ苦しんでいるという。火は、原初から神であった。その恩恵のもと人間は存《なが》らえて発展してきたはずであった。しかし、今は神自身さえ自らの力に苦しんでいるという。科学そのものの矛盾が、ここにも鋭くえぐられている。

軽舟の句も、その延長上にテーマがある。「無明」とは生老病死など一切の苦をもたらす根源としての暗闇であり、根本的な無知のことだが、地球そのものを核物質はじめさまざまな害毒で汚すことになれば、地上の生物の中で、人間がもっとも愚かであったことになる。そうしたことを踏まえて無言のうちに批判している句だ。

これら三句に共通するのは、それぞれの季語が、これまでの使われ方と違った一面を見せている点である。睦郎の句の「四方拜」は、天地四方の自然の神々に畏敬の念を表す正月の行事だが、それが深刻な自己矛盾の象徴として置かれている。自然を崇めながら滅亡に進む人間のアンビバレンスそのものの喩えともなっている。ゆう子の句の「炎天」は耐えがたい真夏の暑さが主眼の季語だが、ここでは火の神の混迷と、地球の未来の時間の予言ともなっている。軽舟の句の「雪が降る」も同様。日本の三大美、雪月花の一つである雪が、言い知れぬ怖れそのものの増幅装置として働いているのだ。ここにも、今までとは違った自然観が俳句を通じて表現されている。

被災地で、この災害にいち早く反応した俳人に小原啄葉と照井翠が挙げられる。この二人の俳句の多くは、津波による自然災害への悲しみをテーマとしてのものだが、その季語もこれまでの自然観を超えたところで駆使されている。

春泥のわらべのかたち掻《か》き抱く　小原啄葉
双子なら同じ死顔桃の花　照井　翠

「春泥」はもともと春至る思いを伝える季語であった。雪解けの泥はやっかいなものではあるが、その光や感触に農事再開の漲《みなぎ》りや喜びを込めたのであった。しかし、啄葉の句では、そうした既成情趣を大きくはみ出している。死に至らしめる泥流として「春泥」は用いられている。翠の句の「桃の花」は節句に飾る幼女の未来や健康を願い託するものである。だが、その美しさ、幸福感がそのまま翻って悲劇の慟哭《どうこく》となっている。翠の句には、かつての戦争俳句と同様、無季のものもある。

泥の底繭のごとくに嬰と母　照井　翠
喉奥の泥は乾かずランドセル

「繭」を夏の季語としたり、「ランドセル」を「入学」の派生季語とする見方もあるだろうが、やはり、基本的にどちらも無季とすべきであろう。悲しみの質量が、季感の世界を超えているからだ。もちろん、大震災があった三月十一日を背景に、これらの句を春の句として鑑賞することに私は反対しない。しかし、まずはそうした先入観を介在させずに鑑賞すべきではないか。人間の死は、どんな時でも究極的には自然の摂理ではあるが、不条理の、非日常的な死の悲しみは、四季の循環とは別の次元に表現されるものでもあるからだ。

ここまでかなり足早に、さまざまな俳人や俳句の自然観の一端に触れながら私見を述べてきた。俳句は、自然との共生を大事にする日本人ならではの文芸であるとか、俳句には森羅万象に神が宿るとする日本的アニミズムの思想が込められているとか、これまでもよく言及されてきた。そうしたこともまた、私は否定しない。いや、むしろ積極的に肯定する立場にいるつもりだ。ただ、それが俳句形式という文芸の特権であるとか、守るべき堡《ほう》塁《るい》であるといった硬直的な考え方に終始してはならない。もう、芭蕉の時代のように自然の悠久さやその恩恵を受容するだけでは生きがたい時代を生きているのである。俳句もまた、自然の運行にただ従うだけでは、時代を捉え、その時々の人間を表現する文芸として、この先も生き続けるとは思えない。俳句が本当の意味で自然とともに在り続けるためには、俳句も俳人も未来を見据えた世界観、自然観を模索していかなければならない。

（日本現代詩歌文学館「日本現代詩歌研究」第十一号／平成二十六年三月三十日発行）

「言葉の力」のありか――〈講演〉

交流四百年記念事業でスペインへ

実は私は昨年（平成二十五年）まで、外国にはまったく行ったことのない、いわば自分の家にいるのが性に合っているというタイプの男でした。ところが昨年の五月にベトナムへ行き、続けてスペインに行くというとんでもないことになってしまいました。スペイン行きの目的は、スペインと日本の交流四百年の記念事業で、日本語の普及事業、国際交流の一環として俳句のことを話してほしいということでした。

スペインと日本の交流事業のきっかけになったのは、二〇一三年が支倉常長《はせくらつねなが》が慶長遣欧使節団を率いてスペインへ渡ってから四百年ということです。支倉常長がスペインに行った理由に、最近言われている説の一つとして、地震や津波との関わりがあります。伊達政《だてまさ》宗《むね》が自分の家来を使者として遣わしたちょうどその前の一六一一年に、慶長三陸地震と慶長三陸津波が起こり、そのために藩がかなり疲弊した。そこで交易をすることによって復興しようと考えたのではないかというのです。まあ、目的の一部くらいになっていたかもしれません。当時、日本とスペインの間を取り持つためにスペインから来ていたビスカイノという大使が、気仙沼より北の三陸町越喜来《おきらい》あたりの海上で津波に遭っています。そして、当時の日本人が逃げ惑う姿を見たという記録も残しています。そんなことも、四百年事業として被災者で俳人の私がスペインに行く一つのきっかけとなりました。

つまり津波や地震が常長をスペインへ遣わし、それから長い年月にさまざまな自然災害が起こり、このたびの東日本大震災となった。その震災で作られた俳句を伝えるという役割を担って私がスペインへ行ったわけです。不思議な縁だと思います。慶長三陸地震では仙台藩で五千人くらい亡くなったという記録があります。当時の人口からすると五千人といったら大変な数です。

スペインには、この事業を進めた読売新聞の記者の藤原善晴さん、支倉常長の子孫で十三代目にあたる支倉常隆《つねたか》さんを中心に総勢七人で、ドバイ経由で行きました。

スペインの各地へ

一日目（六月十日）は時差があり時間が空いたので、マドリードのホテル近くをうろうろしたり、休息を取ったりしました。

二日目（六月十一日）は常隆さんがぜひ行きたいということで、スペイン中北部のバリャドリードのシマンカス公文書館に行きました。館は城壁で囲まれていたので、もともとは城であったものを後になって公文書を保管する館にしたのだと思います。オリーブの畑がどこまでも続く、のんびりとした田園にある公文書館です。十六世紀のスペインの大帝国の基礎を作ったカルロス一世と、その後のフェリペ二世はスペインが帝国として一番栄えた時の王様ですが、その二人がこれを作り上げました。

スペインは私が言うまでもなく、トルコ、アメリカ大陸、インカ、アステカ、フィリピンなどを自分の領地にして、「太陽の沈まない国」と呼ばれていた国です。私などの単純な頭では、スペイン帝国を作り上げたのは、例の無敵艦隊をはじめとする軍事力にあるのだろうとばかり思っていたのです。でも、ここに行って気づいたのは、軍事力であると同時に言葉の力、それも文書の力があったのではないかということです。なぜかというと、征服した国の領地、その後続の家系、そして、その国と交わした契約のさまざまな記録など、館内には実にさまざまな文書がさまざまな形で分類され、厳重に保管されています。

私一人では絶対に中に入れてもらえないのですが、文倉常隆さんという強い味方がいます。その先祖である常長の書状もこの中にあるわけです。それを見せてもらおうと思って行ったのです。しかし、目的の文書はセビリアに貸し出されていました。あちこちで記念事業のイベントをやっているようで、本物は見ることができません。コピーだけ見せてもらいました。

せっかく訪れたということで、フェリペ二世をはじめ、当時の皇族の最重要文書が保管されているところにも案内してもらいました。警備は厳重で、扉の錠前を二つも三つも開け、やっと狭いところに入ります。すると、さらに個別にボックスがあって、それにもまた錠前がある。さすがにそこは開けてもらえませんでしたが、そういうところも見せていただきました。管理している建物は窓にも鉄格子が入っているので、外からは絶対誰も入れません。文書も価値によって区分され、入り口や外壁に近いところはたいして重要ではない文書、奥のほうに重要な文書が保管されています。それくらい厳重に管理されています。もともと城ですから、砲台などもついています。

これらを見学させてもらって、権力もまた言葉の世界なのだと改めて思いました。南米のインカは文字が発達していなかったので、そこでまずスペイン語を広めた。つまり文字の力によって支配を広げていったわけです。言葉が政治の権力を司り人民を従わせるのだと、まざまざと実感しました。

私たちが訪れた時はたくさんの燕が飛んでいました。日本の燕とは種類が違うようです。燕もまた、何百年もこの城を守るように飛び続けているということも感じました。

帰りに、藤原さんに「せっかくここまで来たんだから、ちょっといいところを見せたい。行きませんか」と誘われて行ったのがセゴビアのアルカサル、ディズニーの白雪姫のモデルになった城です。素晴らしいところでした。マドリードとシマンカスの中間あたりです。世界最古の水道橋もありました。古代ローマ時代に建設されたものです。水もまた国作りに欠かせないものの一つです。残念ながら車窓から眺めただけでした。この辺はかつてスペインが帝国だった時期の中央にあたるところ、カスティーリャ王国時代のさまざまな遺跡が残っているようです。

アルカサルの上から見た景色もまた素晴らしかった。もちろん、世界遺産の地ですから、今風のビルなどは建てられないようになっています。それにしても見渡す限りの広大な丘陵地が千年近く前の姿のまま残され管理されている、これもとても感動したものの一つです。世界名城二十五選にも選ばれています。

三日目（六月十二日）は日本の皇太子が訪れるのでマドリードで大きな歓迎行事があり、支倉常隆さんたちはそちらに出席されました。

翌日は常長ゆかりの土地で旅の主目的地の一つ、アンダルシアにあるコリア・デル・リオを訪れました。人口が三万人ほどの町で、その先は地中海です。ここは常長たち慶長遣欧使節団が最初にスペインの土を踏んだところです。コリア・デル・リオを流れているグアダルキビール川の、大西洋の河口サンルーカル・デ・バラメダにまず入港しました。ここで小船に乗り換えてこの川を上ってきたのです。そして、コリア・デル・リオで数日間滞在し、ここからさらに古都セビリアまで十四キロくらいをまた船で行くという旅程です。そして、二年後に帰国の船を出したのもここです。素朴な田舎町ですが、とてもきれいな町です。町の中にまさに南欧風の坂道があり、地元でも人気の場所とのことでした。ここを訪れて、また言葉に関するさまざまな出会いがありました。

この町にはハポンという姓の人が八百人ほど住んでいます。ハポンとはスペイン語で「日本」という意味です。日本という名字の人がたくさんいるということです。なぜそういう名字の人がここに住んでいるのか。さまざまな説があるし、どんな根拠があるのか。今となってははっきり分からないことだらけですが、もっとも古い記録として「ハポン」という姓を持った子供の洗礼台帳がエストレージャ教会に残っています。一六六七年の記録で、常長が訪れてから五十年くらい後です。その前の洗礼記録は失われて残っていません。常長たちの孫世代の日本人だった可能性があります。

この台帳も普段は公開しないのですが、特別な日ということで見せてもらえました。常隆さんは、この地を以前にも二度、三度と訪れていますが、洗礼台帳はこの時初めて見たそうです。

洗礼台帳には確かに「ハポン」という姓が記載されています。ファン・マルティン・ハポンの娘カタリナ・ハポン・デ・カストロの記録です。スペイン語がまったく分からない私でも「ハポン」だけは読むことができました。それ以外の証拠がなくて、日本人の末裔《まつえい》かどうかは分からないのですが、少なくとも言えるのは、この町の八百人ほどの人々が自分たちは間違いなく日本人、それも侍の子孫であると信じていることです。これは私が初めて知った事実です。感激しました。

スペインの人はみな身分証明書を持っています。国民であるという証明書ですが、我々が町を歩いているとすぐに日本人だと分かるので、寄ってきて、「私もハポンだよ」と証明書を見せてくれては、握手を求めるのです。見ず知らずの人が同じ祖先を持っている人間だと言うのですが、顔を見たって日本人だとはとても思えない。間違いなくスペイン人なのです。でも、そうやって寄ってきては同胞として扱ってくれるのです。

その根拠はたった一つ、「ハポン」という言葉だけです。このたった一つの言葉が四百年の歳月と一万キロの距離をやすやすと超え、心を通わすのです。言葉にはそういう力があるのです。このことも私がスペインで得た大きな収穫の一つでした。

ところで、スペインではシエスタという習慣があり、昼寝をします。のんびりだなと思ったのですが、行ってみて分かりました。昼は暑く、夜はいつまでも明るい。あちらで講演やワークショップなどを十一回やってきましたが、始まるのが夜八時頃です。九時半頃に終わり、後片付けをして、その後「じゃあ、一杯飲みに行くか」ですから、終わるのが午前二時とか三時。そういう習慣なので、これはやはり昼寝をしなければ体が持ちません。しかし、そんな習慣がない私にはなかなか昼寝はできません。コリア・デル・リオでもシエスタの時間にあちこち歩きました。中には「理髪」と日本語の漢字で書かれたところもありました。もしかしてと思って扉を叩くとやはり、「うちもハポン姓ですよ」と明るい声が返ってきました。それから、ハポン協会の会長さんの家で休憩しました。市松人形、富士山の写真とか、中は日本色で溢れていました。

コリア・デル・リオには宮城県出身の彫刻家・佐藤忠良《ちゅうりょう》が制作した常長像が建てられています。日本から寄贈されたものです。二〇〇三年にはハポン姓の人が集まって「日本週間」という祭を開催しました。二〇一一年の東日本大震災の時は、この場所にたくさんの人が集まって追悼式を行い、日本のことを心配してくれたそうです。これも「ハポン」という一語のおかげです。

スペイン人の詠んだ俳句

スペインの俳句人口は二千人～三千人だそうです。ヨーロッパでの俳句といえばフランスやイギリスが頭に浮かびますが、スペイン語圏でも早くから知られ、詩人たちに多くの影響を与えていました。もっとも有名なのはメキシコのノーベル賞詩人オクタビオ・パスでしょうか。彼の短詩はほとんど俳句の世界です。そのパスは同じメキシコのホセ・フアン・タブラーダが俳句を導入したと述べています。一九二〇年頃ですから、大正時代です。もっと早くから俳句のような詩が作られていたという説もあるようです。その後、スペイン本国に伝わりました。フェルナンド・ロドリゲス・イスキエルドという大学の先生の『日本の俳句』が普及に大きな力を果たしたと教えてもらいました。一九七〇年代のことです。常長ゆかりのコリア・デル・リオにも俳句をやっている人がいます。その中で町立図書館の館長フェルナンド・プラテーロさんと、もうお二人、合わせて三人が東日本大震災の時に日本を悼む俳句を寄せてくれました。そして、石巻市に届けてくれたのです。そのプラテーロさんの俳句を紹介します。もともとはスペイン語で書かれていますが、現地の人が日本語に訳し、それを黛まどかさんが五七五の形に整えました。

地は裂けて大和のみたま瀕死《ひんし》なり　　フェルナンド・プラテーロ
黒鳥の日の本覆い夜塞ぐ
静かなるやまとの人よ世のほまれ

日本の俳句と比べて少し抽象的ですが、励ましの思いやイメージはよく伝わります。最初に一句ずつ詠んだ時は、ちょっと断片的だな、具体性があればいいがと思ったのですが、後になって気づいたのは、三句の連作と読むべきだったということです。最初に大和そのものが、日本全体が瀕死だということを伝え、次に黒鳥の火のイメージに地震や津波、そして、火事の様子を具体的に広げ、三句目に「世のほまれ」と厄難に向かう日本人の姿を讃える、という三句の構成として読むと全体の流れがすんなりと入ってきます。一句ずつ読むのもいいけれど、三句まとめて読むのもこの句の味わい方だと思いました。石巻の慶長使節船ミュージアムに句が飾られています。

『ドン・キホーテ』で有名なラ・マンチャにアルバセテという市があって、そこにアルバセテ俳句協会があります。その人たちと話をしようということで訪れました。会長のエリアス・ロビラさんをはじめ十五名くらいが集まって歓迎してくれました。

雰囲気は日本の俳句の会とまったく一緒です。みんな集まってワインを飲みながら、あでもないこうでもないと俳句の話に花を咲かせるのです。とても楽しそうでした。スペイン語はおろか英語もできないので会話に混ざれませんでしたが、時々通訳してもらいながら、いろいろな話をしました。この時ほど、ちゃんと英語を勉強しておけばよかったと後悔したことはありません。

ロビラさんのお弟子さんたちが発行している雑誌を見せてくれました。その名前が「まこと」です。一緒にいた常隆さんが「この『まこと』は新撰組の誠か」と聞いたら、「いやいや、これは上島鬼貫《おにつら》の〈まことの外《ほか》に俳諧なし〉のまことだ」と言うのです。これを聞いただけでもスペインの俳人の関心の深さやレベルが分かるでしょう。

「どんな俳人が好きですか」と聞かれたので、「芭蕉が好きだ」と答えたら、「芭蕉ですか。蕪村のほうがいいですよ」と言うのです(笑)。どうやら指導している先生が蕪村の研究家のようで、蕪村も芭蕉もちゃんと読んでいるわけです。こっちも油断してはいられません。

アルバセテ俳句協会の懇親会で小さな記念の手作りの手帳をいただきました。その中にあった俳句の一部を紹介します。

ひび割れし灯の奥へ蛾が一匹　エリアス・ロビラ
師走のマドリード栗が匂うサイレンが鳴る　ロス・セレナス
狼川の峡谷岩上に禿鷹《はげたか》の影　アナ・ロペス

原作はスペイン語で三行です。一句目は川崎城春さんという俳人の訳、あとは同行の藤原さんがその場で日本語に訳してくれました。もっとじっくり訳すると、より日本の俳句に近くなるのでしょう。それでも表現しようとする世界は十分伝わってきます。闇の見える灯へと飛び立つ一匹の蛾の生命感、せわしげなマドリードの街、厳しい自然を統べるように睨《にら》む禿鷹。どれもしっかりした俳句の世界です。

たそがれの塵《ちり》から身を出す燕かな　ラウル・ゲレロ

とても俳句らしい作り方です。一番俳句らしいのはこれでしょう。それもそのはず、作者のラウル君は早稲田大学でしたか、日本の大学に留学したことのある二十代の若者です。きれいな日本語で手帳に書いてくれました。俳号は羅宇琉《ラウル》です。日本語も少し話せます。この句で分かりにくいのは「塵」です。燕の巣なのかと思って聞いてみたら、そうではない。夕方のまぶしい光の中で塵状になっている光の状態のことのようです。言葉がうまく通じないことが悔しい。でも、情景はよく伝わります。

皆さん俳句にとても詳しいし、熱心そのものです。言葉が通じないのは、本当に残念でしたが、私も大きな力をもらいました。

カスティーリャ・ラ・マンチャ大アルバセテ校はじめ各地のワークショップでは、日本語の勉強を始めたばかりの学生に俳句を作ってもらいました。大体が日本語を勉強し始めて一、二年です。俳句を作る時、そばに大学の先生や現地の日本人がついて助言を与えます。その中から何句か紹介します。

　夏の月にオレンジの枝顔に風　ベガ

「オレンジ」という題で作ってもらいました。オレンジの枝から見える夏の月と頬を撫《な》でる風。これなら、まさに俳句の世界ですね。よく分かります。

　雨が降るカテドラル光る一年か　ラウラ

スペイン北西部、大西洋に近いキリスト教三大巡礼地の一つ、サンティアゴ・デ・コンポステーラです。とても趣のある街で、カテドラルが素晴らしい。一年を通してよく雨の降る街です。日本で言う時雨《しぐれ》です。これが石畳を濡らす光景は何とも言えません。「時雨」は冬の季語だからどうしようかと思ったのですが、後で気がつきました。夏時雨、冬時雨、秋時雨、春時雨の季語で四つ作ればいいんだと。一年中、雨が降る。そして、一年いつでも雨にカテドラルが光っているという句です。そういう気象条件が分かると、どこにもない、ここだけの時雨とカテドラルの佇まいがよく伝わってきます。

貝の道月のうしろに海を聞く　　ラケル

作者は髭《ひげ》を生やした知的な雰囲気の人で、うーんと唸《うな》りながら何度も悩み、俳句を作っていました。それでやっとできたのがこの句です。

サンティアゴには、日本の四国八十八ヶ所遍路と同じで、フランスやドイツからたくさんの人が遠くから山を越え、巡礼でやってきます。お参りの人が背中につけるのがホタテの貝殻です。聖ヤコブの象徴だそうです。巡礼が泊まる宿にも貝のマークがついています。その巡礼が通ってくる道が「貝の道」と言われています。そういう情報があればこの句も分かりやすいですね。「貝の道」を何千キロと歩いてくる。そして、海の近くです。月の後ろから海の音が聞こえてくる。詩情が溢れます。

幼い子私の中の海で育つ　　作者不詳

ワークショップが終わりかけた時、一人の女性がこの句を私に示しました。名前を聞きそびれてしまったのですが、確か三十代ぐらいの方でした。句を読んで、もしかしたらと思ったので、思い切って「お子さんがいらっしゃるんですか」と聞いたら、「今、おなかの中です」との答えでした。感動しました。彼女もうれしそうでした。季語がないけれど、この句に込められた思いは世界どこでも共通なのですね。本当にうれしい瞬間でした。生まれた子供にぜひこの句を伝えてほしいと思いました。

そして、言葉の不思議さにここでも気づかされました。この日、通訳をしてくれた男性は大学で人類学の研究をしている若い男性でした。終わった後、二人で食事しながら、いろいろ言葉のあり方や違いについて話をしました。日本語とスペイン語の違いについても話しました。スペイン語が分からない私には理解できないことが多かったのですが、「もしかしたらその国の言語の構造そのものが抽象的な思考に向いているか、具体的なものを提示するのに向いているか、そういうことも作品に影響するのではないか」と話したら、「それは面白い」と言ってくれました。日本語で発想すると具体的になり、スペイン語で発想するとどうしても抽象的になるようです。日本語を学んでいる学生が片言ながら、覚えたての日本語で俳句を作ると、スペイン語で作るよりも具体的なイメージを伝えているようになんとなく感じたのでした。

先日、スペインで詩や俳句に専門的に取り組んでいる方が日本にやってきました。芭蕉の『おくのほそ道』に惹かれ、松島や平泉にも足を運びました。アセルさんと言います。その人に「スペイン語や他の言語と比べて、日本語で作った俳句の面白いところはどこでしょう」と聞くと、「主語が隠されること、主語がないことが面白い。それと、もので伝えることが魅力的だ」との答えが返ってきました。日本語や俳句の特質をよく知っていると感心しました。

マドリードに戻った私たちは、デスカルサス・レアレス修道院を訪れました。フェリペ三世が立ち合い、支倉常長が洗礼を受けたところです。観光客が大勢いましたが、常隆さんが一緒なので、ここでも特別扱いでした。他の観光客が入れないところにも案内していただき、特別に許可をもらって院内を撮影させてもらいました。

中に彩色されたマリアの木像がありました。それまで見ていた石や金属のマリア像とは全然違います。「どうしてこういうマリア像があるんですか」と聞いたら、「このマリア像は言葉を書けない人、読めない人のために作られた。像のイメージから神を感じながら、自分の心の中で言葉を生み続ければいい。そしてマリアと会話する。そのための像だ」と案内してくれた修道女が説明してくれました。紙に書かれた言葉ではない言葉の世界、神とただ向き合うことで無言の言葉を交わし、神と相対する世界です。これもまた世界共通の信仰のあり方です。日本でも地獄絵図、曼荼羅《まんだら》、それに吉祥天のように生身の人間に近い仏が存在します。マリア像も同様なのです。血が通って今にも話しかけてきそうな像に魅入られながら、文字を知らなくとも言葉は働き、宗教を体現できることを、改めて知らされたのでした。

言葉の永遠性の発見

スペインの旅を終えて日本に戻ってくると、やはり、東日本大震災のことが脳裏を占めます。もちろん、どこにいても震災のことは気がかりですが、被災地に立つと、そのリアリティは格段に違います。

震災当日、私は仙台駅前から歩いて多賀城の自宅まで帰りました。約十三キロで、五時間くらいかかりました。最初の十キロくらいまでは順調に歩きましたが、残りの二〜三キロくらいになったら渋滞している車の様子がおかしいことに気がつきました。反対車線に車が転がっている。最初は交通事故かと思いましたが、実は津波でたくさんの車が引っくり返ったまま流されてきたということです。それを知った時のショックは昨日のことのようです。そこからまた二時間ほどかけて歩きました。

我が家はかろうじて津波から逃れました。その窓から歌枕で名高い「末の松山」の松が見えます。その末の松山に残されている歌が、「契りきなかたみに袖をしぼりつつ末の松山波越さじとは」（『後拾遺和歌集』）です。作者は清原元輔、清少納言のお父さんです。あんなに固く約束したのに、その約束を破ってしまうなんて悲しいと、恋の怨みを述べている歌です。その時、比喩的に使ったのが「末の松山波越さじとは」で、「末の松山を決して波の越すことがないように、互いに忘れないようにと約束したのに」という意味です。つまり、「末の松山を波は越さない」という言い伝えがベースになっているのです。

大震災の前まで、これは歌の世界の出来事だと思っていましたが、今度の大震災の時も、この松山を波は越さなかった。さらに約千年前、この歌ができる百年前に貞観の大津波が多賀城を襲っています。多賀城の城跡あたりまで波が来て、たくさんの人が亡くなったという記録が『日本三代実録』に載っています。千人ほどの人々が溺死したという記録ですが、当時の千人ですから大変な数です。マグニチュード8くらいと言われています。昔のことなので正確ではありませんが、東日本大震災と同じくらいの規模の津波が来た。

ここからは私の推測ですが、清原元輔は『日本三代実録』を読んでいて、あるいは京の貴族たちの間の噂で、貞観の津波が末の松山だけは越さなかったということを知っていたのでしょう。それを踏まえて作った歌です。他にも、末の松山を波が越さないという故事を踏まえて生まれた和歌がいくつかあります。そして実際、この歌の通り、今度の大震災でも末の松山まで津波は至らず、末の松山に登って難を逃れた人々がたくさんいたのです。歌が事実を伝え、歴史を伝えていく。しかも、千年もの長い間。これには私も驚きました。詩歌の力、言霊の力を感じました。

末の松山から歩いてすぐのところに、これも歌枕の「沖の石」があります。「我が袖は汐干《しほひ》に見えぬ沖の石の人こそ知らね乾く間もなし」(『千載和歌集』)、二条院讃岐《にじょういんのさぬき》の歌です。「おいおいと私は泣いている、沖の石がいつでも波に濡れているように」という歌です。実際に、沖の石は今回の大津波ですっかり波をかぶって、瓦礫の山となりました。これも言い伝えの通りです。沖の石は波に濡れるところなのです。歌枕もそうですが、地名にも、津波などの歴史が残っているものがたくさんあります。地元の地名を研究している太宰幸子さんの著書で知ったのですが、例えば、宮城県南三陸町の入谷《いりや》は波が入ってくるところ。残谷《のこりや》はここだけは家が残ったところ。船河原《ふながわら》は船が打ち上げられた河原。越路《こえじ》は波が越さずに残ったところ。大船沢は大きな船が打ち上げられたところ。そういう津波の被災を伝える地名が残っています。地名が自然の、そして、人間の歴史を伝えているのです。

多賀城の私の家から車で五分くらいのところに「壺《つぼ》の碑《いしぶみ》」があります。ここも千年以上前の記録が残っています。ドナルド・キーンさんの『百代《はくたい》の過客《かかく》』では「壺の碑」は『おくのほそ道』の大きなピークになる大事なところだと指摘されています。「ここに至りて疑ひなき千歳《せんざい》の記念《かたみ》、今眼前に古人の心を閲《けみ》す。行脚《あんぎや》の一徳、存命の悦び、羇旅《きりよ》の労を忘れて、泪も落つるばかりなり」の「泪も落つるばかりなり」、なぜこんなに感激したのか。ドナルド・キーンさんは「簡単に言うと『山河の永遠性の否定』である」と言っています。

つまり、ここまで「おくのほそ道」をずっと歩いてきた芭蕉ですが、例えば白河の関はどこにあるか分からない、福島の伊達の大木戸はまったく何もない。その後訪れた象潟《きさかた》は芭蕉が行った後に地震で姿形が変わる。そういうふうに自然というものがみんな変化してしまう。けれども石碑は、書かれている内容はともかく、刻まれた文字は当時のまま今に形見として残っている。山河に永遠性はないけれど、言葉には永遠性がある。その発見に芭蕉は感動したのだということでしょう。「言葉こそ残る」ということです。確かにその通りです。

みちのくも、多賀城も、これからも姿がどんどん変わっていき、どうなるか分からない。もしかしたら、どこも東京と同じくビルだらけになるかもしれないが、『おくのほそ道』の言葉の世界はこの地に残り続けます。「言葉の永遠性」を『おくのほそ道』から知ることができると、キーンさんが伝えてくれました。

そういう永遠性を持つ言葉ですが、東日本大震災の後、どうなっているか。私もいろいろ考えたり悩んだりしました。そんな時に出会ったのが高橋睦郎さんの「いまは」という詩です。

言葉だ　最初に壊れたのは
そのことに私たちが気づかなかったのは
崩壊があまりにも緩慢だったため
気づいたのは　世界が壊れたのち
亀裂や陥没を　せめて言葉で繕おうと
捜した時　言葉は機能しなかった
私たちはようやくにして知った
世界は言葉で出来ていたのだ　と
言葉がゆっくりと壊れていく時
世界も目に見えず壊れていったのだ　と

つまり、今度の震災で一番壊れたのは現実の山河などではなく、言葉の世界だということです。私もハッとしました。確かにいろいろなものが地震や津波で破壊された。だけど、本当に失われたのは言葉ではないかということです。私たちの世界は、実は言葉による想像力によって形作られている。過去も現在も未来も、言葉の中にしか存在しないのです。にもかかわらず、その想像力を超す出来事が起きてしまった。人間が自らの手で作り出した原子力発電所の事故です。誰もが想像できなかった未曾有の危機を人間自らが生んだのです。つまり、言葉が無力であった。その機能を消失してしまったということに他なりません。

では、壊れた言葉をどうするのか。言葉をよみがえらせるには、言葉を紡いで、言葉を再構築するしかないのだと思います。大峯あきらさんから伺った言葉を使わせていただくなら、「宇宙は言葉でできている」のです。聖書に「はじめに言葉ありき」とあるように、まず言葉があって、この世界がある。世界の根源は言葉なのです。夜空の星は肉眼で見えても宇宙は見えない。でも、宇宙を認識することはできる。それは「宇宙」という言葉があるからです。白川静さんの『字通』によると、「宇」の字は一つの広大な建物、空間のことです。「宙」は往古来今、つまり過去から現在、未来までの時間を表している。宇宙というのは時空なのです。空間だけではない。過去から現在、未来にわたる、そういう時間を含んだのが宇宙だ。これは言葉、ここでは二つの漢字だけですが、その二文字によって初めて認識できる世界なのだと思います。

読経とは経を読むことですが、あれは死者を弔うためより、もともとは仏に近づくための手段といわれています。では、その仏様はどこにいるのでしょう。目の前の仏像の中にいるのではありません。例えば波羅蜜多経《はらみったきょう》なら、その経の中に存在するのです。経とはつまるところ言葉の世界です。言葉に自分が参入していくことで仏に会えるのです。

原子力事故で皮肉にも身近になったストロンチウムとかセシウム。これらも目に見えないものですが、在ると認識できるのは言葉があるからです。

とりとめなく述べましたが、詩歌の力が今こそ大きな試練を受けているのです。

断念することと想像力

では、俳句では今度の大震災はどう詠まれたのか。たくさんの俳人がいろいろな形で震災を俳句にしました。有名無名、主義主張を問わず、しかも被災地に住んでいるか、そうでないかを問わず、震災の俳句を作ってくれました。これは今までになかったことだと思います。そして、そうした俳句を通して、さまざまなことを考えさせられました。その一つに、俳句の言葉は普遍的な誰にでも共通する思いを表すと同時に、作者にとっても読者にとっても、当事者しか分からない世界が存在し、それをも表現するということを知りました。当事者あるいは限られた人にしか理解できなくとも、かけがえのない深い世界が俳句にはあるということです。その一例を挙げましょう。

つなぐ手を津波断ち切る春の海　菊田島椿
海はおそろし海はなつかし今朝の秋

気仙沼の大島に暮らしていた方の作品です。胃がんの手術が無事終わり、退院してフェリーで島に戻る船中で大地震に遭いました。着岸まであと五十メートルというところだったそうです。津波の怖さはそれまでの経験や言い伝えから知っていましたから、島に着くや否や家に戻らず、すぐに島の高台に登りました。そこで、たくさんの家が波に呑み込まれるのを見ていたそうです。波にさらわれて亡くなった昔なじみの人も中にはいたことでしょう。被災後、島を出て市内で暮らしました。教師をしていた作者は、多くの被災者から話を聞く機会があったそうです。教え子の一人が、年老いて動けなくなった母親を背負って逃げ出すことができず、置き去りにしてしまったと涙ながらに語ったと聞きました。
一句目の「つなぐ手」は現実の生々しい手です。現実に津波によって離ればなれになった手なのです。二句目は、海は恐ろしいものだ、しかし海はなつかしいものだ、秋立つ日にそう思ったという俳句です。苛《か》酷《こく》な現実を生きてきた人の思いを背景に読むと、内容もまた違ってくると思います。

春の海髪一本も見つからぬ　照井　翠

この句を初めて読んだ時、私は「髪一本」は少し大げさと思ったのです。ところが、菊田島椿さんは「この俳句にとても感動した」と言います。肉親を津波でさらわれた老女が毎日、「指でも爪のひとかけらでも残っていればねえ」と願って海岸に探しに行くという話を、菊田さんは聞いていたからです。「髪一本」は誇張でもなんでもない、実にリアルな現実だということに気づかされたのでした。地震や津波に限らず、体験が俳句の重みを決めるのです。戦争体験もそうでしょう。俳句は詠み手にとっても受け手にとっても、その人の生が表裏になっている。どう読むか、その受け止め方が作品の価値を左右するのです。短いがゆえの俳句の宿命とも本質とも言えます。

高橋睦郎さんの深い認識までは届かなくとも、今回の大震災で、人々の言葉は、心の中でそれぞれ大きく崩れ、壊れたに違いありません。想像をはるかに超えていたからです。しかし、壊れてしまったけれど、さまざまな形で復活しつつあるのです。菊田さんも、悲しみの俳句を一句一句作ることで、言葉で悲しみと向き合うことで、再生の力をわずかずつでも得てきたに違いありません。俳句は、俳句の言葉は、それを作る人に、目に見えない大きな力を与えてくれるのです。そんな言葉の働きについて、悩み考えさせられた三年間でした。
　最短詩である俳句はもともと矛盾に満ちた詩です。語らないことで語ろうとする詩だからです。まず、自分の思いを伝えることを断念する、一回断ち切ることから出発します。しかし、断念の先に、実は幾千万語に劣らない言葉の世界が隠されています。その隠されている言葉をどう引き出すかが、五七五の言葉のダイナミズムなのです。時に言葉同士が反目し、ぶつかり、時に溶け合い、おだやかに響き合う。そのさまざまな言葉のダイナミズムのただ中に、詠み手自身がそこに生きている自分自身を発見できた時、俳句の言葉は初めて生きて働いたと言えるのです。想像力です。俳句の力は磁石の世界に喩えられます。俳句の五七五は無限に広がる砂鉄の上に置かれた強力な磁石です。その置き方一つで、無数の砂鉄が千変万化するのです。磁石と砂鉄の交響にこそ俳句の命が宿るのです。俳句はまず自分のために、自分を発見するために作るのだと再確認し、これからも俳句を作っていきたいと思います。

（「第十回さろん・ど・くだん」平成二十六年六月二十七日／「件」第二十四号所収）

みちのくの虫たちと俳句――〈講演〉

初めて作った俳句

私が俳句を最初に作ったのは、小学四年生、十歳の時です。俳句を趣味にしていた父親に連れられて句会に行きました。句会に参加したというよりは、句会場となっていたお寺が幼い頃から親しみ慣れたところだったので、父について遊びに出かけたというのが本当のところです。そこで誘われるまま作った句が、その時、俳句の指導に来ていた阿部みどり女という先生の選に入ったのです。どんな句かというと、

夏の雨うるさくひびく夜の寺

という、その夜の実感をそのまま五七五のリズムに乗せた、微笑《ほほえ》ましいものでした。実際、夏の雨が激しく降っていて、本堂の天井に雨音が響きわたっていました。須弥壇《しゅみだん》の大きなろうそくが揺れ動いていました。

その時に阿部みどり女先生が「あら、今夜の雨の感じがよく表れていますよ」とにこやかに褒めてくれた声とか、周りにいた大人たちの「ほう」という軽い驚きの顔を今でも覚えています。褒められるというのは大変なことですね。そのことがきっかけで、中学生の頃には毎月のようにお寺の句会に出席していました。

それにしても、小学四年生がなぜここまで鮮明に当日の夜のことを覚えていられるかというと、それはこの俳句があるからです。俳句は短いからすぐ覚えられ、いつでも心に思い浮かべることができる。声にも出せる。何気ない時にふとその俳句を思い出す。そうすると情景がたちまちよみがえってくるのです。写真ではどうでしょう？　写真では駄目です。アルバムに貼ったらしばらく開きません。写っている人が亡くなった時などに、「こんな写真があった」と懐かしく見るくらいですね。だけど俳句は頭にインプットしていますから、いつでも取り出せます。私はこれも俳句の一つの魅力だと思っています。

高校生になると、たまに仙台にある句会に参加するようになりました。その他、例えば、高校総体というスポーツの行事がありますよね。スポーツが苦手な私もその予選の応援などで仙台に行くわけです。そのついでに「駒草」の発行所に寄って、阿部みどり女先生の話を聞いたり、マンツーマンで指導してもらったりしたことがあります。今思い返すと予約などせず直接伺ったのかもしれません。

虫に魅せられた少年時代

私は幼い頃から虫が好きでした。とは言っても、それは普通の少年の虫好きの範疇《はんちゅう》を超えるものではありません。夏休みには昆虫採集をして、見よう見まねで標本を作ったりもしました。しかし、それは実に粗末なもので、夏休み明けの作品展示会には、私の作ったものより立派な標本もずいぶんありました。中には、採集地がみな遠隔地で、私が見たこともない蝶や甲虫が丁寧に展翅《てんし》されて並べられているものもありました。自分の標本のみすぼらしさに恥ずかしくなったことを今もよく覚えています。

俳句で「虫」といえば秋に鳴く虫を指します。夏の虫は「夏の虫」ですが、一般には「蛍」「兜虫」のように、その名前を季語として用います。私が作った虫の句で、もっとも記憶に古いのは蝶を詠ったものです。

蝶消えし空真っ白に梅雨来たる　ムツオ

高校三年生の時の句で、句会場だった仙台のある寺の墓地で作りました。これも阿部みどり女先生が褒めてくれました。どこが良かったか当時は分かりません。今読んで、もしこの俳句がいいとすれば、普通の梅雨のイメージとはまったく反対に表現していることでしょう。梅雨と言えば、暗くてじめじめして、うっとうしいというイメージですが、この句は蝶の消えた先がまぶしさを放つ雲であったと捉えています。全体は暗いのですが、どこか輝きを込めたような白い雲であったところが、普通の梅雨のイメージと違うのだと思います。

この蝶々は、私の記憶では紋白蝶です。他の蝶々では駄目。これも高校生だから何の疑いもなく作れたのでしょう。梅雨の時期の句なのに、蝶は春の季語、それも紋白蝶なんて、などと余計なことを考えるとたぶん駄目ですよね。そういう意味でも、当時みどり女先生が言っていた「俳句は感覚の詩だ。自分が最初に良いと感じたり、発見したと思った感覚を大事にしなさい。あまり余計な先入観にとらわれないほうがいい」という言葉を思い出します。

蝶々も好きでしたが、どちらかというと、甲虫類とか普通の鳴く虫とかに関心がありました。虫の鳴き声に関心を持つ高校生はあまりいないと思うのですが、虫の声にはこだわりがありました。

私が高校三年生の時に、角川書店から『図説俳句大歳時記』という大きな歳時記が刊行されました。モノクロだけれど大きくて写真が素晴らしく、例句もとても味わい深い。我が家ではとても買えませんでしたが、句会場になっていたお寺のおばさんが買ったのが本屋から届くたびに、一冊ずつ、私が最初に行って読むという幸運に恵まれたのです。春・夏・秋・冬・新年の全五巻で、当時四千円か五千円くらいした気がします。高価なものでした。それを高校生の時に自由に使わせてもらったのです。

その中に、当時流行していたソノシートが付録でついていました。それには春・夏・冬はそれぞれの時期の鳥の声、新年には行事の様子が解説とともに録音されていて、秋は虫の声でした。レコードプレーヤーで何度も聞きました。虫は種別の判断が難しいからです。しかも、虫が鳴くのは主に夜です。蝉と違って姿形で判断できませんから、普通は声だけが頼りです。馬追《うまおい》とコオロギ、それに鈴虫の区別ぐらいは高校生でもできました。しかし、コオロギのうち、どれがエンマコオロギで、どれがツヅレサセコオロギで、どれがミツカドコオロギかといわれると、なかなか判別できません。このソノシートには、それらの種類も解説付きで録音されていました。何遍も聞き、そして区別ができたつもりになって勇んで外の暗がりに出ました。さまざまなコオロギの声が聞こえてきます。しかし、やはりどうもよく判断できない。一匹で鳴いているなら判断できるのでしょうが、さまざまな声が混じり合うと、もう渾然《こんぜん》としてしまっていけない。そのもどかしさを嚙みしめながら、じっと闇を見つめていたことを今も思い出します。

たぶん、鳴く虫に惹かれるのは、声がきれいなのはもちろんですが、種別が判断できないところに大きな理由があったのかもしれません。虫とは闇の生き物、しかもそこは、すぐ手が届きそうで、まったく手の届かない世界なのです。人間が入ることができない未知の世界。未知であること、謎があることが、私が虫に魅せられ、虫の俳句をよく詠むようになった理由であると言ってもいいのかもしれません。

天道虫郷愁の腕に来て去りぬ　　ムツオ

これは私が十九歳の時の俳句です。高校を卒業して神奈川県に就職し、働きながら夜間の大学に通いました。この句を作ったのは五月か六月頃だったと思います。慣れない生活がもたらす孤独感は、自然と故郷を偲ばせました。土木事務所に勤め、測量している最中です。これも場面を覚えているのです。測量のポールを持って立っていた時に、私の腕に天道虫がやってきて、それが去っていった。素朴な十代らしい俳句です。太陽に向かって飛ぶから天道虫という。数が少ないと油虫などの害虫を食べる益虫であるし、殖え過ぎると作物にとって害虫ともなる。そんな虫だが、とても可愛らしい。

先の「蝶消えし」とこの句に共通しているのは、どちらも虫が目の前から「消え去ってしまった」というイメージです。これはたくさんの昆虫を追いかけ、しかし何度も逃げられた子供の頃の記憶がベースになっているのかもしれません。翅《はね》があって自在に空を飛べる生き物は、気づかないうちに、夜の虫とはまた違った視点から私に憧れと、憧れ自体がとても手の届かないところにあるという思いを育ててくれていたのかもしれません。

きれいな虫から人に疎まれる虫へ

子供の頃、もっとも身近な昆虫といえば、兜虫などの甲虫とともに蟬を挙げることができます。蟬の声は普段耳にするものは、秋の虫より区別しやすい。油蟬、みんみん蟬、蜩《ひぐらし》、法師蟬、熊蟬、にいにい蟬、松蟬、蝦夷《えぞ》蟬。まずこれぐらいは、容易に耳で判別できるでしょう。地方によって異なるとすれば、みちのくや新潟の蜩と、関西の人が聞く蜩はどうも違うようです。東北のほうでは一つの群れがカナカナカナカナと鳴くと、その後を追うように別の一群れが鳴き出す。あとはさざなみのように遠くでも鳴きます。関西以南は蜩が少ない。だから、一度カナカナカナカナと鳴いて終わり。また、印象が違うのは蟬時雨。あの藤沢周平の小説『蟬しぐれ』は間違いなく油蟬でしょうが、九州出身の人は熊蟬の声が蟬時雨だそうです。春蟬と蝦夷春蟬の違いも私などには聞き分けにくいですね。蝦夷春蟬のほうが涼やかで澄んだ声に聞こえるそうですが、区別に自信がありません。私が聞いているのは、ほとんど蝦夷春蟬なんでしょうね。分布が広く、長野にもいます。

十代の頃から特に気に入っていた蟬に蝦夷蟬があります。大型で威厳のある姿と低い鳴き声がどこか神秘的でした。松の木が混じった雑木林でよく鳴いていました。蝦夷蟬という名前も威厳がありそうで気に入っていました。どちらかというと熊蟬に近い南方系の蟬で、分布も全国に広がっているようです。私の住む宮城では、比較的身近に聞くことができます。

蝦夷蟬の祈りの色ぞ夕空は　　ムツオ

これは平成十五年の句です。蝦夷蟬の単調な声を聞いていると、その声が蟬の祈りの声に聞こえてきました。

私はその一年前に佐藤鬼房《おにふさ》という尊敬する俳句の先生を失っていました。みちのくの風土を踏まえた俳句を作り続けた人でした。もしかしたら蝦夷蟬も、亡くなった自分の一族や仲間を悲しんで鳴いているのかもしれないと思って作った句です。夏のいつまでも明るい夕空は、その蝦夷蟬の声が満ちて、いつまでも暮れないでいるのだと感じました。

私が虫の俳句を詠むのは、物心がついた頃から、多くの虫を遊び相手として暮らしてきたからだと思います。そして、そこからたくさんのことを学んできました。あの頑丈そうな甲虫がしだいに弱って死んでゆくさまを何度も見ました。しっぽをちぎられたトンボの、それでも必死に飛ぶ姿は、年をとればとるほど鮮やかな映像となってよみがえります。たぶんそこから、生きてゆくことの大切さを教わってきたのだと思います。

残る虫コンクリートを滲み出る　ムツオ

四十代終わり頃の俳句です。集団で鳴いているコオロギは区別しにくいのですが、一匹で鳴いていると比較的分かります。エンマコオロギは自分のテリトリーを主張したり、雌を呼ぶ時に澄んだ声で長く鳴きます。本来なら闇に包まれた草原で鳴くのでしょうが、都会ではビルの隅を住み処としなければなりません。人間が造った冷たい建造物の中で愛を交わさなければいけないコオロギの一途さが、まるでコンクリートの中から声となって滲み出ているように感じたのです。「残る虫」とは秋も深まって、ほそぼそと鳴いている弱々しい虫ですが、この時は、その声がコオロギのひたすら生きる意志の声に感じられたのでした。

私の虫への関心は、蝶のようなきれいなもの、天道虫のような可愛らしいものから、しだいに人に嫌われる、疎まれて生きているものへと広がっていきました。たぶん、私自身の年齢の深まりと関係があるのでしょう。蚊の幼虫、ぼうふらの様子を想像して俳句を作りました。

ぼうふらは西日の生まれ虹育ち　　ムツオ

蚊がぼうふらでいる期間は約一週間。卵の間は乾燥しても生きているくらいたくましいのですが、ぼうふらになると水がなくなって乾くと死んでしまいます。水溜まりなどのわずかな水を頼りに脱皮を繰り返しながら、蛹《さなぎ》になるまで必死に体を伸縮させるのです。

この句は、そういうぼうふらの姿を思い描いて一句にしました。ぼうふらの浮き沈みしながら泳ぐさまが、いかにも生を必死になって謳歌《おうか》しているように感じたからです。ぼうふらが孵化《ふか》するには気温の上昇が必要ですから、西日の生まれとしました。西日が当たる水溜まりがぼうふらの古里です。そして、夕立の水溜まりがさらに大きくなると餌になる微生物が増えます。虹がぼうふらを応援しているように思われたのです。

蚊は人間の血を吸い、時に病を運ぶ困った虫ですが、やはり彼らは彼らなりに、この地球で必死に生きているのです。この句は、そうしたぼうふらへの、ささやかなエールです。

次は毛虫の俳句です。

冬日を這う毛虫もいるぞ奥秩父　ムツオ

平成二十三年の三月に東日本大震災に見舞われました。この句は、その年の十一月に埼玉県の秩父に出かけた時のものです。俳句の仲間とともに宿に泊まり、私にしては珍しく、朝の散歩に出かけた時のことです。道端の桑の木に大きな毛虫がついていました。もう枯れて霜に破れた葉の上を毛虫は黙々と這っていました。種類はよく分かりませんでしたが、大きさといい白い毛がたくさんついている体つきといい、ヤママユガの仲間のようでした。しかし、それなら普通は遅くとも九月あたりに成虫になっていなければいけません。ところが、まもなく雪が降る季節。これから蛹になっても無事に羽化することは、かなり難しい。けれども、そんなことにはかかわらず、毛虫は冬の日差しをいっぱいに浴びて懸命にうごめいていました。まるで歌でも歌いながら前進しているようで、ユーモラスでした。太陽もそんな毛虫を応援しているように感じたのです。

被災地に暮らし、大震災のさまざまな悲劇を目のあたりにして、未来に悲観的になることのあった私に、毛虫の生きる姿は大きな力を与えてくれたのです。こんな毛虫もいるんだ、負けてたまるかという思いで作ったのがこの句です。

瓦礫より出て青空の蠅《はえ》となる　ムツオ

大津波がもたらした瓦礫の山を見上げながら作った句です。ぼうふらも毛虫も蠅も、虫たちは皆たくましく、この世を生きているのだと教えられます。

大震災に教えられた虫の生きざま

東日本大震災が起きた日、私は仙台駅地下の飲食店で、三十年ぶりに出会った教え子三人と遅い昼食を取りながら昔話にふけっていました。その時、突然、地の底から湧き上がってくる地鳴りのような響きとともに、今まで経験したことのない激しい揺れに襲われました。三十年ぶりに顔を合わせたという幸福な時間が、瞬時に生死の間をさまよう時間となってしまったのでした。

幸いなことに揺れはなんとかおさまり、押し潰されることなく済みました。そして、非常用の明かりを頼りに、やっとのことで地上に出ました。地上では大勢の人々が、恐怖と緊張にかられた真剣なまなざしで行き来していました。教え子三人とは、それぞれの家族や家が心配だったので、帰途の無事を祈りながら別れました。

交通機関もすべてストップしていましたので、私は午後五時半を回る頃、やむを得ず一人で住まいのある多賀城市に向かって歩き出しました。仙台から多賀城までは十三キロほどあります。停電で、やがてあたりは真っ暗になりましたが、渋滞の車のライトがあたりを照らしてくれていましたので、明かりには不自由しませんでした。夕方まで降っていた雪はやみ、やがてきれいな星が姿を見せました。

家族のことをはじめ、さまざまなことが頭を駆け巡る中、ひたすら一人で歩いていましたが、やがて、一人の若い女性が私の後ろについてくる形になりました。私は時々振り返ってみましたが、どこかおびえているようにも感じられました。無理もありません。こんな非常時に一人歩いて帰る不安は想像以上のものがあります。その時、私の頭にこんな俳句が浮かびました。

触角のきらめく少女地震の夜　　ムツオ

地震《ない》とは地震の古い呼び方です。少女の歩く姿は、どことなく触角を持った蟻のように感じられたのです。蟻は触角を左右に振り、時には首を傾げ、慎重に、しかし実に素早く動きます。はじめは「蟻のようにきらめく少女」と作ったのですが「触角」に焦点を当てて作り直しました。なんと呑気なと思われるかもしれませんが、大きな不安にかられていたからこそ、俳句を作ることでその不安を振り払っていたのだと、今になって思うのです。

次に頭に浮かんだことは、若い女性が蟻なら、自分は何なのだろうということでした。六十代半ばの自分はもう俊敏な動きもできない。不格好そのままに、ただとぼとぼと、しかし、ひたすら前を目指して歩くしかない存在だと思ったのです。まあ、それもいい。これも人生の一試練だと半分開き直ったその時、次のような俳句がふと頭をかすめました。

地震の闇百足《むかで》となりて歩むべし　ムツオ

句の形が整うまでは時間がかかりましたが、なかなか面白いと一人呟いてもいました。もっと大変な状況にあったら、こんな呑気なことを考えてはいられません。この時点では、私の心にまだほんの少しのゆとりがあったのでしょう。

ところが、まもなく予想もしない深刻な出来事に遭遇しました。

我が家まであと一息というところまで順調に歩いてきて、自分にも十分体力があったなと、ほっとした時のことでした。私の行手に想像もしていなかった光景が広がっていました。闇の中に車が二台、三台と横倒しになっているのです。はじめは交通事故かと思いました。しかし、それが津波のせいだと気づくまで、そんなに時間はかかりませんでした。

道路は一面水浸しで、延々と横倒しになった車が闇の中に続いているようでした。その時の身の凍るような恐怖は一生忘れることはないでしょう。乗っていた人は、その闇の先の家々は――。もう私の頭から俳句はすっかり吹っ飛んでいました。

私はそれでもあちこち迂回し、やっと家にたどり着くことができました。時計はもう午後十時半を回っていました。幸い津波は我が家の二百メートル手前で止まってくれていました。我が家はかろうじて一家四人、なんとか無事に再会することができたのでした。

後になって、振り返って考えました。なぜ歩いてくる途中で若い女性が蟻に見えたり、自分の姿が百足と同じだと思ったりしたのでしょうか。それはたぶん、私が幼い頃から観察していた蟻や百足の姿が記憶からよみがえったせいでしょう。

蟻は壜《びん》に入れて飼育したこともあります。巣の中を懸命に動き回る様子を飽きることなく見つめていました。面白半分に潰してしまったこともあります。その時の逃げ回る姿や力が尽きて動かなくなってしまう様子も目に焼きついています。百足も一緒です。見つけると、不快でもあったので、大体は殺してしまいました。しかし、殺されまいと懸命にもがき逃げ惑う、不格好だが必死の姿は、私の脳裏にしっかりと焼きついていたのです。

大地震、津波の災禍の中で、私は知らないうちに、私自身がかつて命を奪った小さな生き物たちと同じ存在なのではないかと思うようになりました。そして、そのことに気づかせてくれたのは、それら蟻や百足たちだったのです。どんなに無様《ぶざま》でも生きて在ること、生き続けることの大切さを、虫たちは私に教えてくれていたのでした。

時代を超えてよみがえる俳句

虫好きの私の楽しみの一つに、少年時代同様、虫の声を聞くことがあります。夕食後、夕涼みを兼ねて住まいのそばの土手を散歩することがよくあります。河原には蘆原が広がっています。今の住まいに越してきてから、かれこれ三十五年近くの歳月が流れていますが、虫の声も年々衰えているように感じられるのは、虫の数の減少に加えて、耳を傾ける私の年齢の深まりにもよるのでしょう。

はっきりしている一つに馬追の声が減ってしまったことが挙げられます。ことにハヤシノウマオイと呼ばれるきれいな声で長鳴きする馬追がめっきり減ったように感じられます。短く鳴くハタケノウマオイは、まだたくさんいるようです。私の住まいだけの現象であればいいのですが、少し寂しいと感じていることの一つです。私が子供の頃は馬追がよく家の中まで上がってきて、その緑色の細長い体を惜しげもなく見せてくれました。

東日本大震災による津波は、この小さな川にも遡りました。当日、窓から眺めていた妻の話によると、堤防があと数十センチで溢れそうになったそうです。たくさんの土砂や瓦礫も流れてきました。河原もあちこちがえぐられました。津波が去って一か月ぐらい経ってから、流されてきた船や瓦礫を撤去するため、大きなブルドーザーが河原を駆け巡りました。深いキャタピラーの跡がたくさん残りました。

これで、今年の蘆原は全滅だなと落胆しました。ところがまもなく、そのキャタピラーの跡から蘆の芽が吹いてきたのです。おそらく蘆はこうして有史以前から、この地に命をつないできたのです。気が遠くなる古代から幾多の津波や洪水を乗り越え生きて繁茂してきたのです。その思いを次のような俳句に託しました。

泥かぶるたびに角組み光る蘆　　ムツオ

「角組み」とは蘆が芽を出すことを言います。角のような固い芽がいっせいに出てくることを指します。この句は、実際には蘆が芽を出す前の句で、私が見たと思ったのは実際は水の輝きでした。私の願望が言葉になったとも言えますが、現実にその姿を見た時の感動は何とも言い表しようのないものでした。

果たして、この河原で毎年鳴くはずの虫はどうなったのでしょう。そんなことも次に頭をかすめました。蘆が復活したのだから虫も大丈夫だろうという思いと、コオロギなどの産卵は地表近くなので、多くは流されて、今年は少ないのだろうとの思いが交錯していました。

その年の八月上旬、私は土手に立って耳を澄ませました。するど、たくさんの虫の声が聞こえ出しました。最初は少し弱々しく感じたのですが、しだいに高まり、いつもの年と変わらない強さも伝えてきました。たぶん多くはツヅレサセコオロギ、それにエンマコオロギらしいのや、もしかするとカンタンらしいやさしい声も混じります。小さな低いハタケノウマオイのような声や名も知らない虫の声も混じって、それらが混沌としています。私は思わず目を閉じていました。そして、かつて作った俳句を思わず口ずさんでいました。

万の翅見えて来るなり虫の闇　　ムツオ

これは震災前の平成十八年に、この同じ河原で詠んだものです。虫の声の他はすべて闇でいくら目を凝らしても何も見えません。しかし、中では確かにたくさんの虫たちが翅をそれぞれに立てて、自らの子孫を残すため必死に鳴いているのです。そう思った時、それらの数限りない翅が闇の向こうに見えてくるような思いになったのです。その句が、この震災後にまたよみがえってきたのでした。

私はこの句からタイトルを取り、震災後の平成二十五年に句集『萬《まん》の翅《はね》』を出版しました。幸いさまざまな人が、この句集を鑑賞してくれました。その中に、この句集の虫たちは現在の被災地で生きているたくさんの被災者の姿に重なる、という評があったのです。しかも何人もの俳人がそう指摘するのです。私は驚きました。しかし、確かに闇の中で一途に鳴いている虫は、出口の見えない底辺で、それでも明日を見つめて生きようとしている人々の在りようそのものに感じられます。

私はこの時、俳句という言葉の形式の不思議な力に気づかされました。俳句が、作った時の作者の状況や意図を超えて、その時々の人間の思いを映しながら、新たな世界を照らし出してよみがえるのです。俳句の言葉の普遍性は、時代に関わりなく存在するのではなくて、その時代時代にふさわしい姿を与えられて、新しく誕生するのです。芭蕉が主張した不易流行とは、このことなのだと、教えられる思いでした。

みちのくはかつて蝦夷《えみし》と呼ばれ、差別されてきました。交通手段が発達し、情報がまんべんなくゆきわたるようになった今日、それはだいぶ薄れたと思っていました。しかし、東日本大震災の津波や福島の原子力発電所の事故の対応を振り返ると、その差別は厳然と今も残っているのではないかと私は感じています。復興は確かに進んでいるようにも見えます。そして景気も活況を呈しているように感じられます。しかし、それは都市部や産業の基幹などの一部に限ったことで、被災地の現状は、まだまだ復興を実感できるところまで来ていません。

特に根が深いのは、被災者の心の復興です。家族、友人を失った人、仕事や生きがいをなくした人の心はまだまだ深い闇の中にあります。震災当初より深まっている人もいます。地域の歴史や共同体そのものも解体したままで、元に戻るのは至難です。

長い間、俳句で表現してきた私は、言葉こそ、そうした困難に直面している人々に、生きる希望や勇気を見出す力をもたらすと確信しています。俳句は、その中でもたった十七音の短い詩です。ささやかな言葉の器です。しかし、短いからこそ、その背後に大きな沈黙や思いを託すことができ、人と人とをつなげてくれるのです。

暗闇で必死に鳴く虫は、みちのくに生きる私たちの姿です。一匹一匹は小さくて、その声もかすかです。でも、小さな生きる力が一つの塊となる時、闇に鳴くたくさんの虫の声のように実に豊かな、かけがえのない力になります。そう信じて、これからもこの最短詩型、俳句を支えに言葉を紡いでいきたいと思っています。

（ラジオ深夜便「ないとエッセー」／平成二十六年十月六日〜九日放送
協力＝ＮＨＫサービスセンター）

津波に消えた句会

宮城県東松島市野蒜《のびる》は余景《よげ》の松原とも呼ばれた景勝地である。仙台藩主・伊達綱村が松島外れの余った美景という意味で名付けたと伝わる。海水浴シーズンはなかなかの賑わいを見せる。しかし、普段は半漁半農の実に長閑《のどか》な集落である。そこに水明会という十名余りの小さな俳句の会があった。世話役は大森知子さん。彼女が俳誌「小熊座」の仲間であった縁で、私が七年前から指導に毎月赴くようになった。切磋《せっさ》琢磨《たくま》というより、俳句を通じて交流を楽しむといった和やかな集いであった。句会では自家製のお菓子や漬物がテーブルに並んだ。

しかし、四年前の東日本大震災の津波は、この平和な浜辺をも襲った。会員の多くが被災したが、中でも世話役の大森さんが津波の犠牲となってしまったのは痛恨事であった。

享年六十九歳。可憐な少女が、そのまま年を重ねたような人だった。句会でただ一人の男性、安部月山さんは、妻を津波で失い、その悲しみの中、半年後に八十五歳の生涯を閉じた。余景の松原も無残な姿となった。句会はむろん解散した。残された会員も、みな苛酷な生活を強いられ、俳句どころではなかろうと私は落胆を深くした。しかし、程なくして、会員のほとんどがさまざまな形で俳句を続けていることを知った。

母の姿を見習って俳句を作り始めたばかりの上田由美子さんは、津波が来ると知り、夫と共に商売用のトラックに乗って逃げた。間一髪だったという。家族は幸い無事だったが、家は流されてしまった。泣くしかなかったそうだ。還暦間近で、夫の仕事が軌道に乗り、やっと人生の一区切りと安堵《あんど》していた矢先のことだった。しかし、その後、残ったトラックで食料品の移動販売の仕事を続けた。今年（平成二十七年）、なんとか中古の住宅を手に入れ、その一階に営業所を再開できるに至った。

青になる野蒜の海のやっと青　　上田由美子

この句は宮城県俳句協会編の震災句集『わたしの一句』に収められている。上田さんは、今仕事に追われて句会に出席できない。しかし、地元の俳句コンクールでよく入賞する。

賞状をいただく時に「大森さんが私たちの背中を押してくれていると実感する」と、「小熊座」のエッセイで記していた。

大森さんに誘われて句会に来るようになった岡田とみ子さんが津波に襲われたのは、避難所として逃げた公民館であった。突然やってきた波に驚き、孫を抱きながら夫とともに柱に必死にしがみついた。首近くまで水に浸かり、せめて孫だけでも助かってほしいと祈った。もう駄目かと諦めかけた時、波は静かに引き始めたという。むろん、家は津波に攫われた。それから三年の仮設暮らし。昨年（平成二十六年）、やっと新しい家に落ち着くことができた。

人ゆえにもがいて前へ春の星　　岡田とみ子

岡田さんは「俳句があってよかった、絶望の底でも心の支えになった」と、やはり亡くなった大森さんに感謝する。

同じ六十代の松浦加代さんは四歳の孫、洋君に俳句を教えながら句作を楽しんでいた。津波は幸い自宅の百メートル手前でかろうじて止まり、難を逃れた。だが、十日過ぎた頃、自分と洋君が習っていた踊りの先生が津波で亡くなったとの知らせが入った。川辺のたくさんの土饅頭《どまんじゆう》のどれかが先生のものらしいと聞き、二人でやっとのことで探し当てた。その時、そばに出てきた蟹《かに》に洋君が発した言葉が、そのまま俳句になった。

さわ先生カニに変身会いに来た　　瀬戸　洋

洋君は小学生になってからも俳句を作り続けた。だが、今は小休止。どうやらサッカーに夢中らしい。それもいい。またいつか俳句に戻ってきてくれると信じている。

松浦さんの友人の阿部陽子さんは、足の不自由な娘さんと二人暮らしだった。大きな地震の揺れに恐怖を感じたが、逃げ出すわけにもいかず、二人で押し入れに潜んだ。海から近い家の窓からは波も見えた。だが、それが津波かどうか判断する余裕さえもなかったという。誰もが、あのような巨大な津波を想像もしていなかったのだ。二人は抱き合い、死を覚悟した。津波は家にまで入ってきたが、かろうじて濡れただけで助かった。家が小高いところに建っていたのが幸いしたのである。大震災の翌年に作った句は、

白梅や轟音がして津波来し　　阿部陽子

八十代の小笠原弘子さんは一人暮らしだった。自宅はJR野蒜駅の近く。阿部さんと同じく恐怖にとらわれ、とりあえずと二階に上がった。そのうち、みしみし軋《きし》みながら家が動き出した。津波が来たのだ。もはやこれまでと覚悟を決めて愛犬とともに目をつむった。波の恐ろしい音はしばらく続いたが、やがて元に戻り、そのまま一睡もせず夜明けを迎えた。そして、奇跡的にも捜索に来た救助隊員によって救われた。愛犬を抱いていたのも幸いした。互いに暖を取り合っていたのだ。自宅は津波の力で二百メートル以上も移動していたのであった。

この身ありて白木蓮の日暮来る　　小笠原弘子

これは被災一か月後の俳句。白木蓮は目の前の花であると同時に、ついに咲くことができなかった自分の家の庭のものでもある。彼女はその後、仙台で一人住まいを続けながら、黙々と俳句を作り続けた。そして、五年目の今年の五月、大震災以後四年間の作品をまとめ、二冊目となる句集『一樹』を出版した。その「あとがき」には、「自然と共にある俳句から生きる力を頂きました」とある。

俳句の持つ言葉の力を、改めて教えられている五年目の夏である。

（日本経済新聞／平成二十七年七月二十六日）

時間の止まった町

　さっきまで何事もなく動いていた時間が突然止まり、人間が不在になる異次元を映画やテレビでは確かに何度か見たような気がする。だが、実際にそうした場面に出会うことがあるとは想像もしていなかった。

　東日本大震災から丸四年を経過した年の四月三十日、福島市の俳句仲間に誘われて、福島県浪江《なみえ》町の請戸《うけど》小学校に足を踏み入れた時の体験である。案内をしてくれたのは相馬《そうま》市で漁業に従事しているSさん。私の俳句仲間に懇意の人がいて、一時立入りの許可が取れるということで、数名で出かけたのである。福島第一原発二十キロ圏内に入ると、田畑はほとんどが荒れ放題で、津波で半壊状態になった家々が散在していた。被災当時そのままの姿だった。四年前の宮城県の海岸にもよく見られた光景で、それだけでも、まだこの地は復興とは縁遠いと感じられた。しかし、こうした復興の遅れを感じさせる場面は、例えば、岩手の大槌《おおつち》町や宮城の南三陸町でもかつて目にしていたから、初めてというショックはなかった。途中、請戸川を渡った。きれいな川だった。鮭の遡上《そじょう》で知られた川だという。江戸時代からすでに鮭の保護策が講じられ、明治からは簗《やな》場も設けられ、海の幸を地元に大いにもたらした川である。時間を遡れば、縄文以前のはるか昔からの営みにつながるだろう。今は鮭が遡上しても誰も獲る人はいない。むろん、放射能汚染のせいだ。Sさんは川を見つめながら苦笑いともつかぬ笑いを浮かべた。川がきらきらと光った。

これだけでも福島の現実をよく物語っているが、それ以上に衝撃的だったのは、請戸小学校に足を踏み入れた時であった。当時在校していた児童約八十名は大地震のニュースが入った後、大平山という低山まで十三名の教師とともに逃れ、間一髪で全員無事だった。しかし、校舎は今も、当時のままの姿をさらしていた。船の舳先《へさき》をイメージしたような大きな塔の時計は津波が来たであろう三時三十八分で止まったまま。校舎内はおそらく自衛隊をはじめ救助に来た人が懸命に後片付けをしたのだろう。それでも廊下や教室にはまだ泥がこびりつき、天井は剝がれ、机などが散乱したままだった。二階の教室の黒板には、救助隊員や卒業生たちのメッセージが溢れていた。二階のベランダからは原子力発電所のクレーンや建物と思われる一角も見えた。ここから原発までは六キロほどなのだ。そんなことも言いようのない複雑な思いをもたらした。

体育館へと渡る昇降口に出た時である。そこに並んである下足箱には、上靴が整然と入ったままだった。つい今しがたまで履いていた持ち主の温みを保っているかのようであった。だが、間違いなく四年前のものである。しかも、その一番端の空いたボックスは小鳥の巣となっていたのだ。それは靴を履き替えた誰彼の必死の瞬間がこの四年間に凍りつき、同時に人間とはまったく無関係に、大自然の時間が容赦なく動いていることを黙示していた。時間は一方では永遠に止まり、一方では絶え間なく未来へと動く。この時、私は訳が分からないままに時間というものの本質を垣間見た思いになった。今まで経験したのとはまったく違った時間感覚がそこにはあった。

その後、私たちは浪江町駅前で、持参してきたおにぎりなどで昼食を済ませ、「希望の牧場」を訪れた。浪江の町並みもまた時間が止まっていた。駅前のバスは今でもすぐに警笛を鳴らして走り出しそうだったし、崩れかけた商店からはすぐにも人が現れそうな気配があった。しかし、それは単なる幻想に過ぎなかった。

「希望の牧場」では被曝して殺処分になるはずの三百頭以上の牛たちが何事もなかったかのように牧草を食《は》んでいた。震災数か月後には他の飼い主は避難して、おびただしい数の牛が餓死したという。その白骨化した頭蓋の傍らでも牛は懸命に餌を求めていた。

時間とは非情である。その実に当たり前のことが切実に感じられた。復興という言葉をよく耳にするが、本質的には復興、つまり、元のように再び栄えることなどあり得ない。まったく新しい時空がそこに生まれていくに過ぎないのだ。被災という現実は永遠にあり続ける。その、取り返しがつかないという真実と正面から向き合わない限り、未来へ足を踏み出すことはできない。そう心に刻み込んだ一日であった。

（「三田文學」第一二三号　秋季号／平成二十七年十一月一日発行）

狼からのメッセージ

平成二十九年の二月二十五日から二日間、俳句の吟行会で福島県相馬市の松川浦・岩子《いわのこ》を訪れた。参加者は総勢二十二人。福島在住を中心に宮城県、茨城県、それに東京から来た人も混じる。車での参加が多いが、昨年やっと小高《おだか》まで開通した常磐線に乗ってきた人もいる。常磐線は福島の富岡から浪江まで今でも不通のまま。全線開通は数年先となるようだ。

福島は原子力発電所の事故が深刻で、そちらが注目されがちだが、津波被害も甚大で死者と行方不明者は二千人近くに及ぶ。句会場を兼ねた宿の女将さんの話では、松川浦も三メートルほどの津波が押し寄せ、宿は一階ホールの天井まで波に浸かったとのこと。客も従業員も上階に登り全員無事だったが、女将さんの母は落胆に病気が重なり、数年後に亡くなったと話す。七軒並んで繁盛していた宿も二軒に減った。周りが広々としているのは、建物が消えたせいでもあると改めて気づかされた。「お客さんに励まされながら宿を続けている。だが、松川浦は風評被害がこれからも大きな心配事」と、にこやかな顔を曇らせた。句会を終える頃、広い会場の窓から見える松川浦は春の夕闇に包まれだした。水彩で紫色や紺色をにじませたような暮光が潟湖全体に広がり、そこに棲《ひそ》むすべての生き物を包み込んでいた。やがて、鵜《う》ノ尾埼《おさき》灯台が光り始めた。

津波より残りし島の芽吹かな　永瀬十悟

残る白鳥松川浦の青の中　一関なつみ

今回の吟行の大きな目的は、飯舘《いいたて》村の山津見《やまつみ》神社の天井に飾られている狼《おおかみ》の絵を拝観することにあった。もとの絵は平成二十五年の火災によって焼失していた。それがやっと復元され、福島県立美術館で展覧されたのち、新しくできた社殿に奉納されたのだ。

翌朝、山襞《ひだ》を縫うように車を走らせる。しだいに路傍の残雪が増え、山が深くなったと実感した頃、神社に到着した。車を出るとかなり寒く、時折、風花がちらつく。両脇の阿《あ》吽《うん》の狼像に迎えられ石段を上ると、すぐ社殿である。拝殿に上り天井へ目をやると、たくさんの狼の絵が出迎えてくれた。奥と手前の二室に全部で二百四十二枚。しかし、恐ろしげな狼は一匹もいない。御眷属《けんぞく》と敬意を込めて呼ばれる白狼も混じって、みな睦まじく寝そべったり、連れ立ち歩いたりしている。親子らしい様子の絵もある。一匹だけの絵が多いが、どれも喜々と躍動したり、思慮深そうに座ったりしている。狼に神がのりうつって人間もかくあるべしと語りかけているかのように見えた。この絵の中にこそ平和と幸福があると仰ぎながら頷《うなず》いた。

飯舘村は福島第一原子力発電所から三十〜四十キロ離れている。山林資源の活用と牧牛を中心とした自然豊かで、日本でもっとも美しい村の一つと言われてきたところだ。しかし、原発事故はここにも深刻な被害をもたらした。地震による被害は他に比べて比較的軽微だったが、放射線量がかなり高く、住民全員の避難を余儀なくされたのだ。

参拝後、飯舘村交流センターの一室を借りて句会を開いた。昨年開館したばかりの、当地の「丁寧に」という意味の方言「までい」の心を次世代に引き継ぐことを目標にした真新しい建物である。一人で仕事に勤《いそ》しんでいた職員の方に近況を尋ねる。すると、三月末に避難指示解除の通知があるという。続けて、しかし戻ってくる人は以前の一割ぐらいかもしれないと声を落とす。六千人いた住民のうち、現在、認可を得て日中、試験栽培などに携わっている人は四百人ぐらい。すでに避難解除になった他の地域でも、帰還した人は一割前後だという。頷いていているばかりの私に、「それでも帰還を考えている人は皆、孫世代にまで希望を託しています」と添えて、にっこりと笑った。

帰途の道筋に除染土のフレコンバッグの山をいくつも見つけた。昨年も飯舘村を訪れたが、その時目にした除染土の巨大な山の姿は今も目に焼きついている。福島県内の除染廃棄物は東京ドーム十八個分になるというデータもある。しかも、その放射能が消えるのは我々の死後のそのまた先なのである。これでは村が本当に再生できる日はいつなのか、暗《あん》澹《たん》たる思いにとらわれた。

その時、突然、山津見神社を包んだ炎が脳裏に浮かんだ。不遜なひらめきかもしれないが、あの火事は、原発事故で避難せざるを得なかった村民に向けた大山津見神のメッセージではなかったか。火災の原因は不明のままだが、この厄難によって狼の天井絵は人々にクローズアップされたのだ。同行の一人にこの神社と血縁のある女性がいた。幼い頃にも神社を訪れ、狼を祀《まつ》っていると聞いた記憶はあるという。しかし、天井絵があるとは最近まで知らなかったと付け加える。どうやら狼の絵は村民の間でも忘れられかけていた存在だったようだ。偶然にも火災直前に訪れた研究家と写真家の手によって古い絵は奇跡的に記録され、復元の大きな手立てとなった。それもまた神の指図とすれば、みな符合する。

狼の絵は、村民だけではなく、人間すべてに向けた神のメッセージなのだ。人はどう生きるべきか。それを伝えるために神は絵を復活させたのだ。そう一人頷きながら帰路のハンドルをしっかりと握り直した。

風花と舞ふか大山津見神　平山北舟

絶滅の狼の尾や蕗の薹　小野道子

飯舘の斑雪《はだれ》野にふと手を合はす　日下節子

（日本経済新聞／平成二十九年三月五日）

第三章　震災詠一〇〇句　自句自解

四肢へ地震《ない》ただ轟轟《ごうごう》と轟轟と

『萬の翅』平成二十三年

三月十一日。東京からの帰路、仙台駅地下の飲食店で大地震に遭遇した。かつての教え子数人と談笑している最中だった。初めて体験する揺れ方だった。かろうじて両手でテーブルにしがみつき足を踏ん張って体を支えた。四方から押し寄せてくる轟音が体中に響きわたった。ビル全体が倒壊する恐怖におびえた。強く揺れたのは数分だったはずだが、果てしない時間に感じられた。

地震の闇百足《むかで》となりて歩むべし

『萬の翅』平成二十三年

同日の作。夕方、仙台駅から住まいの多賀城まで歩き始めた。およそ十三キロの道のり。気持ちが昂《たかぶ》っているせいか、初めは足取りが軽かった。停電で真っ暗だったが、渋滞の車のライトが行く手の闇を照らしてくれた。それでも足元は暗く、歩道はあちこちでひびが入っている。瓦礫もかなり散乱している。ひたすら前へ進んだ。雪がやんだのち星が光り始めた。

膨れ這い捲《めく》れ攫《さら》えり大津波

『萬の翅』平成二十三年

同日の作。自宅まで、あと二キロほどのところまでたどり着いた。ほっと安心しかけた目前に信じられないような光景が広がっていた。行く手の闇に累々と車が横転している。大型トラックのようなものもある。津波に襲われたのだ。この光景はどこまで続くのか。車に乗っていた人々はどうなったのか。恐怖で身が震えた。

春光の泥ことごとく死者の声

『萬の翅』平成二十三年

ようやく帰宅できた翌日から、散乱した家具、食器、本の後片付けが始まる。ふと覗くとドアポケットに新聞が挟まっている。購読している河北新報だ。まだ、人間社会は動いている、そう知った時の安堵感はかけがえのないものだった。しかし、その記事は衝撃的だった。ラジオもおびただしい犠牲者の数を次々に報じる。犠牲者はどこまで増えるのだろう。慄然《りつぜん》としながら窓下の川を眺める。この川も、昨日津波が遡った。おびただしい泥の匂いが鼻をついた。

車にも仰臥《ぎようが》という死春の月

『萬の翅』平成二十三年

三日目、近隣に住む一人暮らしの俳句仲間のことが気になって訪ねた。留守だったが、隣の人の話では避難所に逃れたらしい。無事だったことを知り、胸を撫で下ろす。行きも帰りも、泥だらけの道には車が横転したり、逆立ちしたり、重なったりしている。橋下の道路には何台も積み重なって山をなしている。言葉を失った。数日後の夜更け。ふと顔を上げると大きな春の月が浮かんでいた。不思議なものを眺めている心地がした。

泥かぶるたびに角組《つのぐ》み光る蘆《あし》

『萬の翅』平成二十三年

数日後、電話が鳴った。読売新聞の記者からだった。やっと連絡がとれた、被災地の俳人として短文を書いてほしいとのこと。悲惨な状況の中、自分にできるのはそれくらいしかないと承知した。が、何をどう伝えるべきか、迷ったが自分が書けるのは自分の体験しかない。そう決断し窓に目をやる。すると向こう岸の水際に何か光るものがある。蘆の芽だと思った。川辺に下りて確かめるとさざなみであった。確かにまだ芽が出るには早過ぎる。自嘲の、それでも心地よい笑いが浮かんだ。

すぐ消えるされど朝の春の虹

『萬の翅』平成二十三年

俳句仲間の一人が津波にさらわれ亡くなったとの知らせが届いたのは何日後だったろうか。第一報は救助されたとの知らせだった。東松島市の沿岸住まいだったから、心配していた。しかし、ほっとしたのもつかの間、悲報が届いた。野蒜海岸、松島に続く明媚な地で、余景《よげ》の松原と伊達綱村が名付けた景勝地であった。その夫も一年後、他界した。彼女が数年前に出版した句集のタイトルが『春の虹』であった。

瓦《が》礫《れき》みな人間のもの犬ふぐり

『萬の翅』平成二十三年

三月二十八日の早朝、神奈川県に赴く息子を車に乗せて、仙台の海岸線の高速道路を走った。息子が突然「あっ」と声をあげた。つられて海側に一瞬視線をやると、瓦礫が目に飛び込んできた。流された家々、車、木、それらが累々と果てしないのだ。このあたりの田畑は、毎年犬ふぐりが咲き乱れるところであった。

鬼哭《きこく》とは人が泣くこと夜の梅

『萬の翅』平成二十三年

三月末、例年なら多賀城址周辺の梅が咲く時期である。しかし、停電が続き周囲は闇に包まれている。我が家まで津波は到達しなかったが、対岸の住宅地はすべて津波が押し寄せた。夜になると、どこからともなく嗚咽《おえつ》が聞こえてくる思いにとらわれた。声なき声。このあたりは、もともと権力側から鬼と蔑《さげす》まれた民が住んでいた土地である。

陽炎《かげろう》より手が出て握り飯摑む

『萬の翅』平成二十三年

「小熊座」の仲間が二人、避難所となった多賀城市文化センターに身を寄せた。見舞いにもならないが、時折、自転車で出かけた。ある昼時に訪れると、玄関の消息が書き込まれた伝言板あたりから事務室まで、避難した人たちが一列に長い行列をなしている。どうやら昼食を受け取るためらしい。友人に何が配られるのか尋ねると、握り飯一個か二個だという。外には春の陽光が溢れていた。

列なせり帰雁は空に人は地に

『萬の翅』平成二十三年

日用品や食料品の調達には難儀をした。二時間ぐらい量販店に並ぶことは当たり前だった。それでも我が家はましだった。並べる健康な家族が四人もいたからだ。一人暮らしの老人世帯をはじめ、並ぶことすらできない人も多かったに違いない。幼い子供たちも並んでいた。かつてテレビで見た空襲後の炊き出しの映像が目に浮かんだ。帰雁の季節だった。

みちのくの今年の桜すべて供花

『萬の翅』平成二十三年

四月上旬、私を慰めるため、東京の俳句仲間が隅田川の花見を企画してくれた。桜も終わりかけていた上に、震災後で、さすがに人出が少ない。遊覧船が「頑張れ、東北」という横幕を掲げて過ぎっていった。橋の上から眺めると、堤の桜がまるで仏飯を並べたようだった。まもなく東北にも桜が咲き出した。宮城県七ヶ浜町の菖蒲田《しょうぶた》浜《はま》で倒れながら咲いている桜が目に沁みた。これまで見たことがないまぶしさであった。

みちのくはもとより泥土桜満つ

『萬の翅』平成二十三年

津波襲来後、一か月以上過ぎても、周囲至るところ、いつまで経っても泥が残っている。匂いも消えない。暖かくなってくると部屋中に匂いが籠もる。しばらくは流されてきた船も岸辺に何艘か残っていた。この地はもともとこういうところなのだと自分に言い聞かせようとした。開き直りでもある。すると、対岸の桜がゆっくりと揺れ出した。

仰向の船底に花散り止まず

『萬の翅』平成二十三年

その後も何度か、七ヶ浜町を訪れた。名前通り、小さな浜が七つあり、そのいずれも津波に襲われた。花渕漁港では船があちこちに乗り上げていた。仰向けの船はもちろん、逆立ちしたままの船、家の壁に突き刺さったままの船もあった。防波堤近くの建物の上に乗り上げた状態の船もあった。海がまったく見えない田にまで流れ着いた船もあった。同じような光景は三陸沿岸には数え切れないほどあった。

花の地獄か地獄の花か我が頭上

『萬の翅』平成二十三年

自宅近くの堤防の下に、ささやかながら桜並木がある。マンションが建つ際に景観整備の一環として植えられたものだ。もう三十数年の樹齢を重ねる。毎年散策する。震災前、自衛官として就職した子とその母が記念撮影している場面に出会い、声をかけシャッターを切った記憶がある。震災の年も、例年のように見上げた。佐藤鬼房の「明日は死ぬ花の地獄と思ふべし」が脳裏に浮かんだ。

春天より我らが生みし放射能

『萬の翅』平成二十三年

福島の原発事故のニュースが、夕刊の一面を大きく覆ったのは三月十五日あたりだったろうか。その衝撃は忘れられない。しかし、その時はどれほどの大事なのか、その真実は知る由もなかった。海外に脱出した人、沖縄に逃れた人もいた。命を守るためには、実はそれが当時取るべき正しい選択だったと知ったのは、だいぶ後になってからである。もっとも、たとえ知ったとしても、その時は天を仰ぐ以外、何も手立てはなかったが。

暮れてなお空を見つめて母子草《ははこぐさ》

『萬の翅』平成二十三年

五月になって、やっと句会を開くことができた。その帰り道、仲間の一人が塩釜駅前の美容室の入り口で、鉢植えの母子草を見つけた。「これ母子草ですよね」と念を押されたが、花の名にうとい私はあいまいに頷いていた。しかし、夕暮れの風に震えていたその姿は間違いなく母子草であった。津波にさらわれたであろう無数の種々《くさぐさ》を思い浮かべた。別名ゴギョウ。春の七草の一つ。荒れ地など至るところに生える。

津波這う百日過ぎてやませ這う

『萬の翅』平成二十三年

いつの間にか夏となった。津波をかぶり、瓦礫をのせた田畑はとてつもない広さであった。仮に瓦礫がなくなっても、以前のように作物が収穫できるようになるまで、どれほどかかるのだろうか。実際、塩害のため、そのまま放置状態の田がどこにでもあった。その田の上にもやませの季節が訪れた。苗が揃った田を吹くやませ以上に、荒地となった田を吹くやませは寒々しい印象をもたらした。数年後、工場や住宅地となった田も目立った。やむを得ないことだろうが、何か大切なものが失われてしまった気持ちになった。

始めより我らは棄民青やませ

『萬の翅』平成二十三年

福島県浪江町や双葉町に避難指示が出たのは震災当日の夜から翌日早朝にかけて。しかし、何が起こったのか、誰も知る由もなかった。数年後、俳句大会で二本松市に出かけた。案内をしてくれた人は、震災当日の夜、防護服に身を包んだ人々が次々にバスから降りてきた姿を目にしたという。原発事故はまだ伝わっていなかったので、戦争が始まったのかと思った、とのことだった。最初に避難した場所が実は他より放射能の濃度が高い地点だったという話もあった。もっとも千年以上前から、東北は中央権力から見捨てられている。

土《ど》饅《まん》頭《じゆう》百を今夏の景とせり

『萬の翅』平成二十三年

六月末、東京の友人や「小熊座」の仲間数人とともに石巻に出かけた。車で橋を渡ろうとした時、一人が「あっ」と声をあげた。川べりに土葬の卒塔婆が並んでいたのを目にしたのだ。火葬が追いつかず、やむなく、いったん土葬にせざるを得なかったのだ。見えたのは、ほんの一瞬だったが、私の眼にもはっきり焼きついた。

蛍火や田畑人家ありたる辺

『萬の翅』平成二十三年

震災前、松島へ至る道筋に蛍が出るところがあると聞き、見物に出かけたことがあった。県道のすぐ傍ら。こんなところにと半信半疑だったが、最盛期はとっくに過ぎていたにもかかわらず、十分な光を楽しむことができた。そのあたりは、幸い津波被害はなかった。三陸沿岸の津波被災地の蛍はどうなったのだろう。蛍は『日本書紀』では邪神「蛍火之光神《ほたるびのかがやくかみ》」だが、みちのくでは守神。再生の呪文となって飛ぶ。

夕焼の死後へと続く余震かな

『萬の翅』平成二十三年

余震がいつまでも続いた。四月七日、ガソリンの供給がだいぶ回復し、他のライフラインも戻った安心感も加わり、疲れ切った家族の慰労に山形の上山《かみのやま》温泉に出かけた。その夜、強めの余震があった。妻は自宅を心配したが、私は、またかと思い、軽く考えていた。だが、翌日戻ると家の中の散乱ぶりは本震以上だった。震度6強。三月十一日には落ちなかった電子レンジが下に吹っ飛んでいた。被災者には続く余震で精神が不安定になる人が多かった。

梅雨雀誰を捜しているのだろう

『萬の翅』平成二十三年

震災直後、印刷設備のほとんどをなくした石巻日日新聞の手書き壁新聞は、地域に貴重な情報と生きる力をもたらした。避難所の掲示板は尋ね人など貴重な情報の発信場所となった。肉親や友人の安否をそれで知った人も多かったに違いない。浜辺では今も行方不明者の捜索が続けられている。住まいの集合住宅の駐車場あたりでいつも聞こえる雀の声。ことに梅雨時は寂しく聞こえる。雀も誰かを捜しているように思われてならない。

球をなす蚯蚓《みみず》の家族夜の地震

『萬の翅』平成二十三年

いつまでも余震が続く。余震を感じない日がないと言ってもいい。就寝前、また余震があった。ふと子供の頃、畑で釣りの餌にするため蚯蚓を掘ったことを思い出した。掘り返すと、たくさんの蚯蚓が固まってうごめいていた。蚯蚓のように布団にくるまり眠ろうと思った。

炎天の涙痕として勿来《なこそ》川

『萬の翅』平成二十三年

朝夕眺めては句材としている多賀城市の砂押川は、数キロ上流で松島丘陵を源とする勿来川と合流する。勿来関はいわき市にあったとするのが定説だが、この勿来川流域との説も残る。ほそぼそとした流れだ。名古曽の地名も残っている。砂押川を津波が遡った。当日、仙台駅にいた私は目にしていない。その映像がユーチューブで世界中に発信されていたと知ったのは被災から数年後だから、ずいぶん間の抜けた話だ。しかし、ユーチューブのおかげで自宅のそばを遡る津波を目にすることができた。津波は勿来川にも及んだ。果たしてどこまで遡ったのだろうか。

瓦礫《がれき》より出て青空の蠅《はえ》となる

『萬の翅』平成二十三年

住まい近くの仙台港には廃車となった車が至るところに山積みとなって残っていた。ダンプカーやトレーラーのような大型車両もところ狭しと並んでいた。海辺にはコンテナなどの漂着物がごろごろしていた。人影はほとんどない。仙台港を抜け、荒浜付近を車で走る時にはマスクが必要だった。粉塵だらけできつい匂いが閉めきった車内まで入ってくる。どこでも蠅だけが生き生きとしていた。我が家にもよく訪れた。まさに五月蠅《さばえ》なす神。

残りしは西日の土間と放射能

『萬の翅』平成二十三年

七ヶ浜町菖蒲田浜には被災後、何度か訪れた。ここは私が初めて海水浴をしたところである。小学三年生の頃だ。仙台からバスに揺られて一時間以上かかった。多賀城の我が家からは数キロ、車で十数分の距離なので、子供が幼い頃にもたびたび海水浴を楽しんだ。きれいな広い砂浜だった。震災後、美しい松林、たくさん並んでいた民宿や海の家、そして、住宅はすべてさらわれた。道路も寸断され、車を運転してもどこをどう走っているか不安になった。すべて変わってしまっているのだ。もっとも、これは菖蒲田浜に限ったことではない。福島の沿岸はこれに原発事故の放射能禍が加わる。

天の川攫われ消えし家の上

『萬の翅』平成二十三年

震災当日の夜、星空が美しかった。歩いて帰宅する力にもなった。天の采配だろうかとも思った。被災地のどこでもそうだったと後で知った。停電で街が暗かったせいだとも気づいた。だが、それだけを理由にするのはいささか寂しい。怖れゆえの緊張感が美しさを倍増させたのだ。都会でも、たとえ見えなくとも天の川は懸かっている。津波にさらわれた家々の上で、天の川はどんな音を立てて流れているのだろうか。

海を見に螻蛄男《けらお》雨彦稲子磨《いなごまろ》

『萬の翅』平成二十三年

沿岸の被災地を訪れるには、どうしても後ろめたさが残る。実際、後ろからダンプカーにクラクションを鳴らされたこともよくあった。興味半分で出かけているつもりはないが、復興工事にはやはり邪魔者の一人に過ぎない。のんびりと写真を撮るのも働いている人にとっては腹立たしい一つだろう。実際、被災地をバックに記念写真を撮る人がいるとの噂も聞いた。海が憎くなった人は多い。だが、同時に誰もが海を忘れられず、海を見たくなる。螻蛄男、雨彦、稲子磨は『堤中納言物語』の「蟲愛《むしめ》づる姫君」に出てくる男の子の渾名《あだな》。

草の実の一粒として陸奥《むつ》にあり

『萬の翅』平成二十三年

仙台市の蒲生干潟《がもうひがた》は鴫《しぎ》など多くの渡り鳥が訪れる水鳥の楽園であった。古くからの集落もあったが、ここもほとんどの家が津波にさらわれた。子供が幼かった頃、釣りや蟹獲りに何度か訪れた。サーフィンの好適地で、干潟に無断で入った車が海鳥の巣を踏みにじることが問題となったこともあった。震災後は人影もなくなり、鳥たちは一安心していることだろう。もっとも、いつまで水鳥の楽園が続くのか、それは分からない。車を運転していても、菖蒲田浜同様道が変わっていて迷ってしまう。やっと車を止めることができた空き地に、実を付けた名も知らぬ草が揺れていた。

大津波語れば霧が十重二十重

『萬の翅』平成二十三年

十一月五日から「海程」の秩父俳句道場に出かけた。秩父を訪れるのは三十年ぶりだろうか。山国秩父は日暮れが早い。晩秋のせいもあったが、あっという間に闇である。道場では、初見の人に混じって懐かしい顔がたくさん見える。翌日の私の役目は被災地の様子とそこで作った俳句について語ること。一息ついて窓に目を向けると、一面に霧が立ち込めていた。

冬波の五体投地のきりもなし

『萬の翅』平成二十三年

仙台市の荒浜地区は震災直後の第一報で死者二百人以上に及ぶと伝わったところだ。漁業も盛んで仙台市の海水浴場としても知られていた。阿部みどり女の気に入りの吟行地で、たびたび足を運んでいる。投げ釣りにも適していた。戦後、海岸に沿って新興の住宅地が広がった。だが、そのほとんどがさらわれた。奇跡的に残った家も、もう住むことはできない。波の音だけが繰り返し聞こえてくる。

残りし崖崩れし崖も翁の日

『萬の翅』平成二十三年

十一月十三日、松島芭蕉祭並びに全国俳句大会が開かれた。開催が危ぶまれたが、何とか実施にこぎつけることができた。大会の朝、招聘《しょうへい》選者の石寒太、片山由美子らとともに西行戻しの松へ向かった。道すがら震災で崩れたいくつもの崖と出会った。縄を張って立ち入り禁止になっているところもあった。芭蕉が訪れた百年後、地震で隆起した象潟《きさかた》のことが心に浮かんだ。

みちのくの今年の冷えは足裏より

『萬の翅』平成二十三年

十一月二十二日、岩手の俳句仲間とともに奥州市の正法《しょうぼう》寺を参拝した。永平寺、總持《そうじ》寺に次ぐ曹洞宗の第三本山で、日本一の茅葺《かやぶ》き屋根で知られる。本堂へと廊下を渡っていく。靴下の上からでも、寒気がびしびしと伝わる。修行僧は毎日味わっている厳しさだ。寒中はさぞかしだろう。大震災被災者の寒さにつながった。

冬蒲公英《たんぽぽ》溶岩流を根城とし

『萬の翅』平成二十三年

故郷の栗駒山の北斜面を源にする磐井《いわい》川に厳美渓《げんびけい》がある。堆積した火山灰を水流がえぐって奇岩の数々を生んでいる。私自身が火山に抱かれて育ったのだと、大震災後気づいた。同じ栗駒山の荒砥沢《あらとざわ》ダム上流部は、大震災の三年前の岩手・宮城内陸地震によって大規模の山体崩落を起こした。そのさまを目にしたのは大震災の前年であった。

根元のみ残りしものへ冬の月

『萬の翅』平成二十三年

菖蒲田浜の松原跡には津波に引きちぎられた松の根が何本か残っていた。渦巻く波の力だ。津波被害の取材に訪れた髙柳克弘を案内したのは、その年の六月十日。「ええっ」と驚いた顔が忘れられない。数年後、その松の根もみな除去され、新しい防波堤ができた。浜辺の雰囲気は一変したが、平成二十八年からは海水浴場が再開された。

月上るえんずのわりの声がして

『萬の翅』平成二十四年

「えんずのわり」は東松島市月浜に江戸時代から伝わる小正月の鳥追い行事。今は新暦一月十四日に行われる。大震災の前年に一度訪れたことがある。浜の小・中学生が六日前から神社の岩屋に籠もり、家々を回って松の神木を突き立てながら「えんずのわり（いじのわるい）鳥追わば」などと大声で唱える予祝行事だ。ここも津波に襲われた。以前は十名以上の子供が参加していたが、災禍の後は三名ほどに減ってしまった。

村一つ消すは易しと雪降れり

『萬の翅』平成二十四年

名取市の閖上は、仙台へ魚介類を供給する漁港として江戸時代から栄えた。朝市は活況を呈した。干鰈《ほしがれい》が名物。春は大鍋で茹でられた蝦蛄《しゃこ》が絶品。赤貝も旨い。閖上はヨリアゲ、さまざまな魚介や海藻が寄ってくる幸多いところという意味の地名だ。だが、津波ですべて失われた。雪はもともと少ない。しかし、年に一、二度、多賀城と同じく十センチ以上積もることがある。平らな浜辺である分、雪に覆われるとすべてが無に帰したかのようだ。

巻石に雪のしまくは祈りなり

『萬の翅』平成二十四年

一月末、毎月、石巻で開かれる句会に出かける。少人数だが、みな熱心だ。石巻の名のいわれとなった石が北上川河口にある。男岩と女岩、二つの神の石である。北上川の流れがこの石に当たって渦を巻くところから、巻石と呼ばれるようになり、それが石巻となった。津波に呑まれたが、石は幸い壊れることはなかった。

凍星《いてぼし》や孤立無援にして無数

『萬の翅』平成二十四年

多賀城に住まいを定めてから、もう三十数年になる。かつてはベランダからオリオン座はじめいくつかの星座が見えた。街の灯りが増え、しだいに星々は姿を消した。それでも、深夜に目を凝らすと澄んだ夜は星が次々輝き出す。「孤立無援の思想」は高橋和巳の言葉だが、ただ単純に無数の星が一つ一つ強く輝いていると思っただけだ。

かいつむり何を見て来し眼の光

『萬の翅』平成二十四年

鳰《かいつむり》は眼下の砂押川にもよくやってくる。松島湾の浅瀬でもたびたび見かける。丸い目のひょうきんもので、あっという間に潜るが、どこに浮かぶか、うっかりすると見失ってしまう。雪の日など川秋沙《かわあいさ》もやってくる。海鵜が集団で訪れることもある。震災後の海や川にしきりに潜って、鳰は何を見たのであろう。

被曝して吹雪きてなおも福の島

『萬の翅』平成二十四年

上京の際は仙台駅から新幹線に乗る。仙台は晴れていたのに福島に入ると吹雪ということがよくある。原発事故後の吹雪は、ことのほか横殴りに感じられた。福島は強い吾妻颪《あづまおろし》が向かい側の信夫山《しのぶ》に吹きつける。福島盆地は古代、湖だったので信夫山は島。そこで「吹く島」。それを縁起を担いで福に転化したという地名説がある。

梅一輪一輪ずつの放射能

『萬の翅』平成二十四年

一年前と同じく、近隣のあちこちで梅がほころび始めた。大きな被災があった塩竈の寒風沢島で毎年見た梅の花が思い出された。福島の、避難せざるを得なかった町や村でも梅が咲いているだろうと、ふと思った。こんな時に嵐雪《らんせつ》の「梅一輪一輪ほどの暖かさ」が頭をかすめる安直な俳人根性に、我ながら呆れてもいた。

人間を見ている原子炉春の闇

『萬の翅』平成二十四年

福島の放射能禍はしだいに話題に上らなくなった。最近、漁港や海水浴場が再開されるようになったのはうれしい。だが、汚染水発生量は以前と比べて少しは減っているものの、まだかなりの量が流れ出ているとも耳にする。凍土壁の効果も、さてこれからどうなるのか。地下に沁みて流出している汚染水は計る手立てもない。なんだか人間が原子炉という神に試されているような気がしてくる。

靴を鳴らして魂帰れ春野道

ベランダから毎年見える微笑ましい光景に、園児たちの春の散歩がある。近くの幼稚園の子供たちであろう。菜の花が咲き揃った堤防に長い列を作る。最後列には乳母車も続く。園児たちの声に保育士さんの大きな声が混じる。津波にさらわれた子供たちも、きっと、その列に加わっているに違いない。

『萬の翅』平成二十四年

この国にあり原子炉と雛人形

私は「鉄腕アトム」に心躍らせ「ゴジラ」に息を呑んだ世代だ。原爆の恐ろしさは子供の頃から聞いてはいたが、それと原子力とは直接結びつかなかった。人類を滅ぼす悪魔になり得るとは想像もしていなかった。子供の頃には雛飾りは商家の座敷に飾られてあるのを、何度か覗き見た記憶があるのみだ。娘が生まれて初めて我が家にも雛人形が訪れた。もう二十年以上も押し入れに眠ったままだ。

『萬の翅』平成二十四年

霾《よな》にまた埋もれる日まで化石の木

『萬の翅』平成二十四年

二月十日、宮城地区現代俳句協会の吟行会が広瀬川河畔で催された。遅れて参加した私は一人川岸を散策した。対岸には河岸段丘の崖。河原や川床には約五百万年前の珪化木《けいかぼく》が残っている。埋木《うもれぎ》細工の原料ともなる。この地はたびたび火山灰や土石流に埋もれてきた。自然のダイナミックな営みはこれからも変わらず続く。

行春の何も映さぬ水溜り

『萬の翅』平成二十四年

佐藤鬼房顕彰全国俳句大会の翌日は、寒風沢島に吟行に出かけるのが恒例であった。三月二十一日も十数名で訪れた。震災以後、初めてである。集落はほとんど流され、船着き場も津波で失われていた。地盤沈下もあり、仮設の船着き場は移動。下船直後は、どこを歩いているか、その見当さえつかなかった。集落跡の空き地には水溜まりがいくつも散在していた。

海の音ばかりなれども子供の日

『片翅』平成二十四年

子供が成長したせいもあって、ずいぶん前から子供の日とは縁がなくなった。震災後、黄金週間でも近隣の観光地では親子連れの姿はめっきり少なくなった。そういえば、鯉幟《こいのぼり》にもあまりお目にかからなくなった。もっとも震災のせいばかりではないかもしれない。被災地から離れていく若者も多い。特に福島はやむを得ない。ふと「三人の子の鼻かんで子供の日夕二」という父の俳句が脳裏をよぎった。

立つほかはなき命終の松の夏

『片翅』平成二十四年

震災後、何度か陸前高田の奇跡の一本松に足を運んだ。高田松原の白砂青松は子供の頃から耳にはしていた。震災前に観光で田老や釜石に出かけたこともあったが、高田松原はいつも車でただ通過するばかりだった。奇跡の一本松は、波に消えた七万本に及ぶ松の形見。しかし、枯死した。今はモニュメントとして加工されたものが立っているのみだ。

飛込めと梅雨の濁流誕生日

『片翅』平成二十四年

郡上八幡《ぐじょうはちまん》のＮＨＫ全国俳句大会に出席した。郡上おどりを楽しんだ後、新橋から吉田川を覗いた。数日来の雨で濁流と化していた。飛び込みが有名で、小・中学生でも岩場から四、五メートル下の川へ飛び込むのだそうだ。信じられない思いで水の轟音に耳を傾けていたら、しだいに大震災の津波の映像とダブってきた。七月十四日、私の六十五回目の誕生日だった。

舌に喉に刺さりてうまし鮎の骨

『片翅』平成二十四年

俳句大会翌日、関市に住む「小熊座」の仲間を訪ねた。千年以上の歴史がある小瀬鵜飼《おぜうかい》に案内してもらう予定だったが、増水のため中止となった。やむなく飼育されている鵜を覗き、あとは鮎の塩焼きに舌鼓を打った。天然鮎は頭をひねれば骨がきれいに抜けると、仲間の女性が教えてくれる。福島県請戸川の鮎はいつ食べられるようになるのだろうか。

みちのくや蛇口ひねれば天の川

『片翅』平成二十四年

数年、天の川を仰ぐ機会がなかった。しかし、梅雨明け近くになると、いつも子供の頃の天の川を思い出す。学生時代、帰省した時に飲んだ水は、水道水ながら東京の水とは比べものにならない旨さで腸《はらわた》に沁みわたった。震災直後の断水の日々は水の貴重さを教えてくれた。だが、たちまちその有り難さを忘れ、震災前同様、水を無駄遣いするようになってしまった。

億年の秋日を重ね地層とす

『片翅』平成二十四年

十一月三日、前年に続き「海程」の秩父俳句道場に出かけた。前回は主宰の金子兜太が体調を崩して欠席。今年は回復されたので、もう一度来いということになったのだ。一日目は「ようばけ」と呼ばれる長瀞《ながとろ》町の地層の露出を見学した。「はけ」はアイヌ語で丘陵山地の片岸を指し「日のあたる崖」の意味とのこと。「億年」は誇張だが、第三紀層からは鯨や鮫の化石が発見されている。宮沢賢治も高校生の頃、訪れたことがあるという。

大津波忘れておれば冬の虹

『片翅』平成二十四年

津波のことは片時も忘れたことがない、と声を大きくして言いたいのだが、凡人の悲しさ、念頭から消え失せて、他のことに夢中になっていることがよくある。この時もそうであった。選句でもしていたのだろう。疲れて、時雨が去った後の空をふと見上げると、薄い片虹が仙台港の方角に現れては、すぐに消えた。

瓦礫山ますます巍《ぎ》然《ぜん》年の暮

『片翅』平成二十四年

震災後、まもなく二年の頃。瓦礫の処理はそれなりに進んでいるが、災禍の傷は人々の心から消えるどころか、ますます深まるばかりとの思いが募っていた。震災景気に沸く企業がある一方、やむなく離散に至った家族や孤独のうちに生を終えた老人もいた。復興も決して平等ではないのだ。仙台港の一角の分別された瓦礫山は、いつの間にか仰ぎ見るばかりの高さになっていた。

揺れてこそ此の世の大地去年今年《こぞことし》

『片翅』平成二十五年

正月。余震はさっぱりおさまる気配がない。この時期にも震度5以上の余震が月一回はあった。地震がトラウマになって苦しんでいる人もいると聞いた。大震災後の余震は数十年にわたって続くとも、日本列島は火山活動期に入ったとも専門家は言う。少なくとも生存中は余震が続くことは間違いないと覚悟した。開き直れば、揺れを感じるのは生きている証拠なのだ。そう思い新年を迎えることにした。

死者二万餅は焼かれて脹《ふく》れ出す

『片翅』平成二十五年

長谷川櫂に「かりそめに死者二万人などといふなかれ親あり子ありはらからあるを」という歌がある。情報社会への怒りがストレートに吐露されている。確かに一人一人に一人一人の生があり死がある。安易に一語で括ってはならない。だが、死者二万という現実もまた動かしがたいのだ。暗澹《あんたん》たる思いにとらわれていた傍らで餅が脹れ上がった。

紅涙は誰にも見えず寒の雨

『片翅』平成二十五年

「紅涙」は悲しみの涙、血涙。『韓非子』の「和氏《かし》の璧《へき》」にある故事が典拠となっている。王に献じた荒玉がただの雑石と見なされ、足切りの刑に処せられた男の涙である。ペダンチックな発想ではあるが、震災の被害者にも何の罪もない。その悲しみの、見えない涙の色が見えた気がしたのだ。

底冷は京みちのくは底知れず

『片翅』平成二十五年

旧臘《きゆうろう》、蕪村忌に京の角屋《すみや》を訪れた。寒い日だった。「底冷えだね」「京の底は水瓶だからねえ」と参会者が口々に囁《ささや》いていた。琵琶湖ほどの大きさの地底湖が京都の下にあるらしい。なるほど寒いわけだと頷きながら多賀城に戻った。しかし、東北の冬はもっと骨身に沁みた。政府から見捨てられゆく心細さも加わる。みちのくの寒さの歴史は、はるか古代まで遡る。

春寒雪嶺みな棄民の歯その怒り

『片翅』平成二十五年

新幹線の車窓から眺める吾妻連峰は、盆地を抱いている印象のせいもあって、かつては岩手の和賀山塊などよりふくよかに感じられた。しかし、震災以後は一変した。ことに吹雪が止んだ後の佇まいはどこか悲壮感さえ漂わせる。連峰の向こうの会津盆地に、沿岸部から避難した多くの人々がひっそりと暮らしていることを重ねるせいかもしれない。

いつしかに春星作文集「つなみ」

『片翅』平成二十五年

「つなみ　被災地のこども80人の作文集」（「文藝春秋」臨時増刊号）が発刊されたのは平成二十三年の六月。しばらくぶりに読み返した。率直な怖れ、悲しみ、感謝、希望、時には怒りまで一語一語に刻まれている。通読できず、一文ごと、しばらく立ち止まる。一息つき、ベランダへ出た。春の星が明滅し始めていた。こうした作文を書くことさえできなかった子供が、たくさんいたことに気づかされた。

花見弁当大震災の記事の上

『片翅』平成二十五年

想像の句といえばその通りである。地元の新聞には丸二年経っても、毎日必ずどこかに大震災関係の記事が掲載される。桜の開花の記事と並ぶこともあった。段ボール箱の詰め物などに震災記事の新聞がひんぱんに使われていた。どうということはないはずだが、心に引っかかった。震災のだいぶ前、花の下で弁当を開いた時の記憶がよみがえった。その時は気にも留めなかったが、敷いた新聞にも、何らかの災害や悲劇の記事が掲載されていたはずだ。しかし、ただ弁当の旨さに目を細めていただけだった。

揚花火生者のために開きけり

『片翅』平成二十五年

幼い頃、手花火は門火《かどび》の大きな楽しみだった。そのせいか、なんとなく花火は盆の遊びと思っていた節がある。隅田川花火大会が飢饉《ききん》とコレラの流行による死者を弔う川施餓鬼《せがき》の一つであったと知ったのは震災後であった。慰霊と疫病退散の祈りが揚花火の原点だった。石巻、松島などで催される花火大会も観光一色の震災前とは様変わりし、鎮魂の度合いを深めている。しかし、それでも花火は生者のために上がる。

霜晴や天へはだけて噴火口

『片翅』平成二十五年

十一月、「草枕」国際俳句大会のため熊本に出かけた。岩岡中正に阿蘇を案内してもらった。恐る恐る中岳の火口を覗くと、そこは原始の地球が生きて動いている世界だった。約九万年前にはここから噴出した火砕流が瀬戸内海を越えて山口にまで至り、火山灰は北海道にも積もったという。噴石は果たしてどこまで飛んだのだろう。地球の途方もないエネルギーを怖れる。

ただ凍る生が奇蹟と呼ばれし地

『片翅』平成二十六年

一月八日、角川「俳句」の企画で鈴木忍編集長とともに釜石市を訪れた。照井翠の案内で大きな被災があった鵜住居《うのすまい》に足を運んだ。避難所と思い込み逃げ込んだ人のうち、二百名ほどが津波の犠牲となった防災センターでは、重機が大きな音を立てていた。鵜住居小学校と釜石東中学校の児童生徒は手に手を取り合って全員が津波から生き延びた。「釜石の奇跡」と呼ばれる。

みちのくの闇の千年福寿草

『片翅』平成二十六年

二月に宮城県船形山麓の湯宿を訪れた。夜、外に出てみると一群の福寿草に出会った。手入れの行き届いた庭や鉢植えではよくお目にかかるが、山際の、庭ともいえそうもない場所の枯草の中であった。自生ではないだろうが、こんなところでと頬が緩んだ。今も被災に耐えなければならない東北の長い歴史が思われた。

涎《よだれ》鼻水瓔珞《ようらく》として水子立つ

『片翅』平成二十六年

「惚れてしまえば涎も瓔珞」、そう言いながらにこやかに微笑んだ老女は、津波はなんとか遁《のが》れたが、その後病を経て、もうこの世にいない。石巻の俳句仲間だった。「痘痕《あばた》も靨《えくぼ》」の類いで、年寄りの恋狂いを揶揄《やゆ》した俗諺《ぞくげん》らしい。東日本大震災ではたくさんの幼子が犠牲になった。生まれずして亡くなった子供もいる。涎や鼻水は老若男女問わぬ生の証。そんなことを頭に浮かべていたら、一人の幼児が暗がりから目の前へすっくと現れた。

蕨手《わらびて》は夜見の手それも幼き手

『片翅』平成二十六年

十五年以上前になるが、中学生を田沢湖周辺の野外活動に引率したことがあった。確か五月頃。活動の一つに山菜採りがあった。当時の校長が山菜採りが趣味で、張り切って生徒とともに山に分け入り、リュックから溢れんばかりに蕨を採ってきた。そのうれしそうな顔が今も目に浮かぶ。どの蕨も赤子の手のように可愛らしかった。ここでは生え出たばかりの姿である。

南部若布《わかめ》秘色《ひそく》を滾る湯にひらく

『片翅』平成二十六年

若布は好物の一つ。春先に新若布が出回るのをいつも楽しみにしている。採れたての若布を手に入れたことがある。褐色だったのが、湯に放つとたちまち美しい緑色に変わった。養殖若布は復興に紆余《うよ》曲折があったが、天然若布はすぐに良質のものが採れた。海底が津波で活性化されたのである。もっとも採集には船の調達が大変だったとのことだ。

福島の地霊の血潮桃の花

『片翅』平成二十六年

新幹線で上京する際の楽しみの一つに吾妻連峰や安達太良《あだたら》山、そして那須連峰を眺めることがある。吾妻連峰は裾野に桃畑が広がり、春にはその開花を目にできるのがうれしかった。災禍後は、さらに開花が待ち遠しかった。四月、車窓から目を凝らした。開花にはまだ少し早かった。しかし、たくさんの蕾《つぼみ》が今噴き出した血のように、何とも言えない暗さを湛えていた。雨のせいもあったかもしれない。

鬱《う》金《こん》桜の鬱金千貫被曝して

『片翅』平成二十六年

四月末、「小熊座」の仲間と角田《かくだ》市に吟行に出かけた。高蔵寺を参拝する前、大沼敏修《としのぶ》氏のもとを訪ねた。大震災の犠牲者の鎮魂のため、二万体を目指して仏像を彫り続けている人だ。平成二十七年には三千体を超えた。元刑事で、当初は殺人事件の犠牲者の魂を祈るために始めたのだという。裏山に見事な鬱金桜が咲いていていた。近寄りがたいまぶしさだった。

葉桜の銀箔これは祈りなり　『片翅』平成二十六年

私は栗原市栗駒岩ヶ崎の小さな城下町で生まれ育った。葉桜のさやぎは子供の頃から親しい。十五歳まで住んだ借家の裏に軽部川という開削された用水路があった。川沿いに桜並木があり、初夏、その葉音を浴びながら近くの養魚場までよく釣りに出かけた。今の軽部川は町を流れる部分がほとんど覆われ、並木も姿を消した。多賀城の住まいのベランダからも対岸に桜の木が見える。葉桜となってから風にさやぐ姿は、花時とは違った美しさを見せる。被災後の葉音はどれも木の祈りに聞こえる。

喉を抜け五臓を走れ夏の川　『片翅』平成二十六年

福島に「小熊座」の支部句会ができて、毎月出かけるようになった。高速バスが快適かつ料金が安いので、たびたび利用した。片道一時間ほどだから句作にはちょうどいい。車窓から細いが水量の豊かな川が垣間見えた。名前は知らない。正木ゆう子の「やがてわが真中を通る雪解川」が心の隅にあった。最近はもっぱら新幹線を利用する。

旨すぎて涙こぼれる腹子飯

『片翅』平成二十六年

宮城県亘理《わたり》町は妻の父母が終《つい》の住まいを求めた地だ。高度成長期には東北の湘南という触れ込みで住宅地として人気に沸いた。今は、どうなのであろう。義父が亡くなり家も処分した。義母もこの世を去った。腹子飯の発祥の地で、義父母が元気な頃は、時折訪れ食べた。食べたと言っても、いくらが苦手な山育ちの私は黙って、妻や子供がほおばる様子を眺めているだけだった。阿武隈《あぶくま》川の鮭の鮞《はららご》は一時期、放射能禍が問題にされた。数年後、解禁となった。

児童七十四名の息か気《け》嵐《あらし》は

『片翅』平成二十六年

石巻の大川小学校へ足を運ぶことができたのは、平成二十四年十二月二十三日だった。手を一度合わせるだけでもと願っていたが、なかなか機会が訪れなかった。石巻での句会後に話題に上り、同席していた女性二人と翌朝訪れることになった。年末のせいもあり、弔問は途絶えることがなかった。それから二年ほど過ぎたある寒い朝、住まいの眼下の川に白い気体が漂っていた。霧とは違った。遡ってきた気嵐と気づいた。

富士山も一吹出物冬日和

『片翅』平成二十七年

大地震後、列島各地で火山活動が活発となった。活動期に入ったらしい。火山は基本的にはマグマ溜まりが別々なので連動することはないと識者は言う。しかし、小心者は、ついそわそわする。東北新幹線上りの大宮駅あたりから富士山を遠望することができる。富士山の最新の大噴火は江戸時代中期。死者はなかったが被害は甚大だったとのこと。三百年前だが、地球年齢から言えば、ついさっきである。もっとも、これも地球規模で言えば、富士山ぐらいではニキビにもあたらないかもしれない。

また降って来る氷塵かセシウムか

『片翅』平成二十七年

「セシウムは光って見えるって福島の人が言うから、本当かもしれない」、そう正木ゆう子が話す。彼女は南相馬市の小学校でたびたび子供たちに俳句の指導をしている。その折、聞いたことのようだ。確かにセシウムは「灰青色」を意味する。実際は、肉眼で確認するのは無理で、特殊なカメラを用いないと見えないらしい。でも、やはり見えるのだ。セシウムはじめ核物質は、現地の人にはそれほど畏怖をもたらしている。

地震の話いつしか桃が咲く話

『片翅』平成二十七年

二月二十一日、福島の仲間と飯坂温泉へ吟行に出かけ、臘梅《ろうばい》や吊し雛に目を細めた。しかし、雑談を始めるといつの間にか、誰もが地震の怖さ、放射能汚染、避難解除の時期、共同体崩壊などの話に及ぶ。賠償金が距離だけで機械的に区分され、避難者同士が齟齬《そご》をきたし、いがみ合う。原発事故は地域の文化経済を壊した以上に、長い時間をかけ築き上げてきた人間の絆そのものを台無しにした。「地震は現在を、津波は過去と現在を、原発事故は過去と現在と未来を壊す」とはアーサー・ビナードの言葉。先の見えない深刻な話の果て、いつの間にか桃の花へと及ぶ。

水底と思い白梅開き出す

『片翅』平成二十七年

この年も佐藤鬼房顕彰全国俳句大会の翌日、寒風沢島に出かけた。いつも世話になっている民宿潮陽館に荷物を置いて散策に出かける。災禍後四年にもなるが、たくさんの民家が消えた更地にさしたる変化はない。ただ道路は徐々に整備され、背より高い護岸が築かれつつあった。いつものように日和山の縛り地蔵を拝み、浜へと足を延ばす。帰りの道端には白梅が咲いていた。震災前、間近でしきりに鳴いていた鶯は遠音だけになってしまった。

三陸の海霧《じり》怨《おん》怨《おん》と怨怨と

『片翅』平成二十七年

海の日が来ると、毎年楽しみにしていた「気仙沼海の俳句全国大会」が思い出される。震災の翌年復活した大会は感動的だった。ことに懇親会。宴会場に模擬漁船を持ち込み、印半纏《しるしばんてん》、鉢巻に櫂を手にして、皆で「斎太郎節」を歌った。小さいながら大漁旗も振られる。「こういう日があるから、なんとか生きていける」。そばに座っていた老女が目を潤ませながら声を弾ませた。そのかけがえない大会も高齢化の波が押し寄せ途絶えてしまった。

原子炉へ陰剝出しに野襤褸《のぼろ》菊

『片翅』平成二十七年

四月三十日、福島の俳句仲間と原発二十キロ圏内を訪れた。津波に襲われた茫漠たる荒地の中に請戸小学校があった。校舎に入る。まだ泥の匂いが籠もっている。机や椅子が散乱し、三月十一日と記されたままの黒板も残っていた。時はそのまま凍りついたままだ。ここから第一原発までは約五キロ。校舎をあとにして車に戻ろうとした時、外来種の野草がいくつも小さな花をかざして揺れているのに気づいた。

峯雲や家を守るは家霊のみ

『片翅』平成二十七年

昼食は常磐線の浪江駅前で取った。コンビニで仕入れてきたおにぎりである。人一人いないが、町並みも家々も原発事故当日のままだった。店もみな開いたままで、いかに慌ただしく避難せざるを得なかったか、生々しく伝わる。駅にはバスが今にも発車するかのように数台停まっていた。広場には同町出身の佐々木俊一が作曲した「高原の駅よさようなら」の詩碑が建っていた。小畑実が歌って大ヒットした。同行の女性が「しばし別れの夜汽車の窓よ」と口ずさんだ。青空がまぶしかった。

緑夜あり棄牛と知らぬ牛の眼に

『片翅』平成二十七年

「希望の牧場」を訪れた。牧場主は留守だったが、一緒に牛の世話をしている女性から話を伺うことができた。飼育している牛は約三百頭、どれも政府から殺処分の指示が出されていた牛だ。しかし、牛と共に生きてきた牧場主はそれを拒絶した。汚染されたとも知らずただ悠々と草を食《は》んでいる平和そのものの牛の姿は、むしろ原発事故の途方もない深刻さを訴えていた。

火を噴いてやっぱり女陰桜島

『片翅』平成二十七年

「鹿児島まで来る気ありますか？」との高岡修のそそのかしに乗って、六月中旬、広島、山口を回り鹿児島まで足を延ばした。広島と鹿児島で多くの人に震災の話を聞いてもらうことができたのは幸いだった。鹿児島では、車で桜島を一周した。小さい噴火はふだんでもよく起きるらしい。もっとも、その瞬間を目にすることはなかなかない。途中、タイミングが良ければと、展望できる場所に立ち寄った。あきらめかけて戻ろうとした時、噴火した。桜島の神は大穴牟遅神《おおなむちのかみ》との説もあるが、やっぱり豊玉姫《とよたまひめ》であると確信した。

人住めぬ町に七夕雨が降る

『片翅』平成二十七年

仙台七夕は三日間のうち、必ず一日は雨が降る。そのジンクスはこの年も例外ではなく、八月八日は雨であった。七夕見物にはなかなか出向かないが、雨を眺めながら、ふと福島県浪江町の町並みを思い起こした。浪江に限らず、福島県には人が住めなくなった町が数え切れない。三陸沿岸には、町並みすらなくなったところが、これも無数ある。

日《ひ》高見《たかみ》は片目片足片葉の蘆

『片翅』平成二十七年

片葉の蘆伝説はいくつか残っている。有名なのは江戸の本所《ほんじょ》。横恋慕の犠牲となって片手片足を切り落とされた娘の恨みが片葉の蘆となった。福島県新地町や石巻市真野にも残る。諸説あるが、都恋しさに京へ向かって傾く。それで片葉の蘆となったとも伝わる。一眼一足は製鉄にいそしむ人の姿がもとになった神である。炉の火を覗くので片方の目が潰れ、足踏み鞴《ふいご》を踏み続け、片足が不自由となる。天目一箇神《あめのまひとつのかみ》や一本たたら。顔は火ぶくれで真っ赤となり、鬼と呼ばれ怖れられた。日高見国をはじめ、みちのくには砂鉄川や鉱山が至るところにあり、鬼にまつわる伝承も多い。

福島は蝶の片翅霜の夜

『片翅』平成二十七年

福島は会津、中通り、浜通りと三地方に分かれ、天候、産業、文化がそれぞれ異なる。古代から歴史も三通り。だが、一体となった分かちがたい県なのだ。原発事故後、ことにそう感じる。眺めていた県の地図の形が蝶の片翅となり、少年の頃に見た映画「モスラ」を思い出した。かつての汚れない福島が翅となって、原水爆実験場のインファント島と同じように放射能汚染された福島を捨て、地球外へと飛び立つ。しかし、片翅。どこまで飛べるのだろうか。

こちこちとこちこちこちと寒の星

『片翅』平成二十八年

世界終末時計という時計がある。核戦争などによる人類の絶滅を午前零時になぞらえ、残り時間を象徴的に示す時計である。アメリカの科学誌「原子力科学者会報」の表紙絵として誕生したという。星には終末を迎えようとしているもの、すでに終末を迎え、光だけ届いているものもある。「不死男《ふじお》忌や時計ばかりがコチコチと」は佐藤鬼房の句。現代俳句協会賞の副賞が当時は懐中時計で、それを秋元不死男から受け取ったことの回想句だ。この時計は不死男の死後も、鬼房の死後も、時間を刻んでいる。福島の原子力発電所内の時計はどんな時間を刻んでいるのだろう。

生還は日常の些事寒雀

『片翅』平成二十八年

雀の寿命はよく分かっていないらしい。ヨーロッパの調査から推定すると一年数か月ぐらいとのこと。本来はもっと長生きで六年以上生きた記録もある。鴉など天敵の犠牲になる数が多いのだ。日本ではここ五十年で雀の数が十分の一に減ったと言われている。今も減少中だ。特に都市部において著しい。都市化や稲の収穫作業の変化に伴い、営巣場所や餌が減少したことが大きな原因のようだ。人間では「生還」はかつては戦地から、昨今では大手術後に病院から無事帰ってくることを指す。津波では雀に限らず無数の命が奪われた。

浅蜊吐くこれも津波の砂なりと

『片翅』平成二十八年

恒例の佐藤鬼房顕彰全国俳句大会翌日の寒風沢島吟行会、昼食は潮陽館。初めて訪れてからは二十年以上になる。潮陽館は一階の中ほどまで津波で浸水したが、建物は失われずに済んだ。主人も無事だったが、その後、漁に出て不慮の事故で亡くなった。食事をしながら句会となる。震災前は近くに牡蠣剝き場があって、そこで採れたての牡蠣を仕入れてきて、みんなで味わった。味噌汁は、いつもの旬の浅蜊汁。むろん、砂などは入っていない。この句は前夜の浅蜊の長く伸びた舌を想像したもの。

霾《つちふる》や瓦礫に立つは詩の神か

『片翅』平成二十八年

三月下旬、仙台市荒浜に出かけた。震災の夜、二百人の遺体が見つかったという衝撃的なニュースが広まった浜である。混乱の中での誤報だったようだが、事実、たくさんの人々が亡くなった。浜の近くに荒浜小学校がある。二階まで津波が押し寄せた。子供たちは屋上に避難して、かろうじて無事だった。今は震災遺構となっている。訪れたのは、風が強い日だった。黄砂のせいで視界が悪かった。震災直後には瓦礫が累々としていた。その後、瓦礫は片付けられたが、途方もない寂寥《せきりょう》だけが広がっている。五年経っても何も変わっていない。

生者こそ行方不明や野のすみれ

『片翅』平成二十八年

大震災の行方不明者数は平成二十八年の時点で約二千五百名。各地で今も捜索活動が続けられている。一人でも多く見つかることを祈るしかない。福島第一原子力発電所の行方は闇のままだ。廃炉作業が完了し、放射能の影響がなくなるまでには、まだまだ気の遠くなるような時間を要する。汚染水処理一つとっても、出口はまるで見えていない。大勢の人が、今日も困難な処理作業に必死で取り組んでいる。だが、福島の原子力発電所の存在自体、すでに忘れ去られつつある。加えて、他県の原子炉が再稼働するとか、他国に原子炉を売り込んでいるとかのニュースが伝わる。行方不明なのは人間の未来そのものである。

冥婚の今お開きか春の星

『片翅』平成二十八年

三年前の七月七日、寒河江《さがえ》市の全国俳句大会を訪れた翌日、むかさり絵馬を拝観したくて、最上《もがみ》三十三観音の一つ、黒鳥観音に詣でた。絵馬は小さな堂内に所狭しと飾られてあった。むかさり絵馬とは独身のまま亡くなった青年の供養のため、架空の婚礼を描いた絵馬を奉納する山形県村山地方の冥婚の風習である。戦死者が続出した大戦中、終戦後に数が急増した。大震災以降、犠牲者の供養に訪れる人もいるという。当日は雷雨の冷気のせいか、身がぞくぞくした。春の星が一つ二つ顔を覗かせた夜、なぜか、その日のことがよみがえった。

春の月汚染袋の山の端に

平成二十八年

再び浪江町、南相馬市を訪れた。途中、飯舘村の汚染土保管場に立ち寄る。除染土と呼ぶらしいが、汚染土だ。息を呑んだ。まさに一山を成している。しかも、これはほんの一部。福島県外にも置き場が散在する。造成地に埋めたり路盤材にしたり、再利用を探っているとはいう。双葉町、大熊町をまたいで中間貯蔵施設も整備中だが、なにしろ東京ドーム十八杯分。最終処分地は未定だ。セシウムの半減期は三十年。その間に二次災害が起きない保証は何もない。さらに表土を剝がせなかった山林の汚染土は、いまだ災禍当時のまま。禍根だけを未来の若者に残すのだ。

クリスマス前夜懐炉も原子炉も

平成二十八年

懐炉といえば白金懐炉。ベンジンを発熱させる。父の愛用品で私もよく利用した。プラチナ触媒の火口をマッチの炎で暖めて用いる。父が息を吹きかけると火口がほの赤くなったのを覚えている。現在も流通しているらしい。保熱に持続性がある。原子炉のほうはもちろん見たことがない。新聞やインターネットの図や画像から想像するだけだが、やはり、赤く火照っているのだろうか。

クリスマスプレゼントだと遺骨抱く

平成二十八年

十二月二十五日付の新聞に、津波で行方不明だった少女の遺骨の欠片が父親のもとに戻ったという記事を見つけた。福島第一原発から四キロしか離れていない大熊町の最後の行方不明者、木村汐凪《ゆうな》さんの骨である。当時七歳だった。マフラーと上着も一緒に見つかっている。父親は避難先の長野県白馬村から六年近く捜索に通い続けていた。喜びながらも「すべて見つけるまで捜し続ける」と語っている。遺骨を抱き、「娘からクリスマスプレゼントを受け取った気がする」と呟いた。

吹雪くねとポストの底の葉書たち

平成二十九年

正月過ぎの福島駅前のポスト。西口を出てすぐにある。粉雪が強風にしきりに舞っていた。底に賀状の返礼や寒中見舞いなどが何通か重なっていると想像した。葉書には、避難先の親戚、知人宛に混じって、この世にはない人の名や住所がしたためられているのもあったかもしれない。岩手県大槌町の風の電話宛の葉書も混じっているかもしれない。旅立ちを待って、かさこそと囁く音が聞こえた気がした。

見えねども棄民の睫毛その垂氷《つらら》

平成二十九年

厳寒の北上に日本現代詩歌文学館を訪れる機会があった。周りの家々には氷柱《つらら》が下がってい

る。どれも小さく可愛らしい。かつては山口青邨の「みちのくの町はいぶせき氷柱かな」に

あるような大氷柱がどの藁《わら》屋根にも垂れ下がっていたに違いない。福島の帰還困難区域や三

陸の津波被災地の村々の軒に下がる氷柱はどれくらいの長さなのだろう。東北の民は古代か

ら棄民そのもの。その涙が光った。

狼の声全村避難民の声

平成二十九年

二月二十五、二十六日と福島の仲間と飯舘村、相馬市を訪ねた。飯舘村には山津見神社があ

る。ここには、震災後の火事で焼失した二百四十二枚の狼の天井絵が、その後、多くの人の

支援を得て復元され、奉納されている。拝殿を上り仰ぐと絵の狼がどれもやさしいまなざし

を投げ返してくれた。飯舘村はこの年の三月末に避難指示解除になった。しかし、帰還した

人の数はもとの一割に満たない。他の市町村も同様なのだ。狼の遠吠えがどこからか聞こえ

てきた。

あとがき

あとがきに何を記そうかと、あれこれ迷っている最中に北海道胆振《いぶり》東部地震が起きた。七年半前の東日本大震災の記憶が生々しくよみがえる。二年前の熊本地震や今年の大阪府北部地震、それに西日本豪雨の際もそうであったが、なすすべもなく、固唾を呑んでテレビの映像に釘付けになっているばかりだ。

分かりきったことだが、現実の悲劇を前に言葉は何の力にもならない。しかし、あの被災直後、無性に俳句を作りたくて仕方がなかった。実際、災禍の街を歩きながら俳句を考えた。俳句に親しんでいても、生きることに精一杯で、俳句どころではなかった人がさぞかしたくさんいただろう。ずいぶん不遜なことだった。

なぜ、俳句だったのだろうか。その後何度も考えたが、どうもよい答えが見つからない。ただ、言えることは、それまでも震災に限らず災禍にあって俳句を作り続けた人は数え切れないほどいたという事実である。ことに戦争という人災において、そうであった。

おそらく、俳句を作ることが自分の存在証明であったのだろう。危機にあって俳句の言葉の中に、自分の鼓動する心臓、脈打つ血を再確認していたに違いない。言葉で生《せい》を、自己存在を確認していたのだ。これは決して私一人ではない。被災した多数の人たちが、俳句に生きる力を得ていた。現在ただ今もそうである。東日本大震災は、そうした俳句のあり方を私に教えてくれた。

本書には、ここ七年のうち、その時々に与えられた機会に話したり、書いたりしたものの中からいくつかを、加筆修正を加え採録した。もとより一本に纏まるような代物ではなかった。すべて、発案し、あきらめずに編纂、構成に尽くしてくれた朔出版の鈴木忍さんのお力によるものである。ここに深く感謝申し上げる。

平成三十年九月七日

高野ムツオ

＊第一章、第二章の初出は各項の末尾に記載。それぞれ再構成し、加筆修正のうえ収録した。第三章は書き下ろし。

＊文中に掲載の俳句で原句に振り仮名がないものでも、読みにくいと思われる語にはルビを付した。

＊同じ作者の掲出句が並ぶ場合、作者名は最初の句にのみ示した。

高野ムツオ（たかの むつお）

1947（昭和22）年、宮城県生まれ。

阿部みどり女、金子兜太、佐藤鬼房に俳句指導を受ける。

2002（平成14）年、鬼房の意を受けて俳誌「小熊座」主宰を継承。

2014（平成26）年、第五句集『萬の翅』により第六十五回読売文学賞（詩歌俳句賞）、第四十八回蛇笏賞、第六回小野市詩歌文学賞を受賞。

その他の句集に、『陽炎の家』『鳥柱』『雲雀の血』『蟲の王』『片翅』、著書に『時代を生きた名句』がある。

現在、河北俳壇選者、熊日俳壇選者。

語《かた》り継《つ》ぐいのちの俳句《はいく》　3・11以後のまなざし

二〇一八（平成三十）年十月二十五日　初版発行
二〇一九（令和元）年　五月二十四日　二刷発行

著者　高野ムツオ
発行人　鈴木　忍
発行所　朔《さく》出版
郵便番号一七三―〇〇二一
東京都板橋区弥生町四九―一二―五〇一
電話・FAX　〇三―五九二六―四三八六
振替　〇〇一四〇―〇―六七三三一五
https://www.saku-shuppan.com/
E-mail　info@saku-pub.com

印刷製本　中央精版印刷株式会社

ISBN978-4-908978-17-3　C0095